外れスキル持ちの hazure skill mochi no tensai renkinjutsushi

# 天才 錬金術師

神獣に気に入られたのでレア素材探しの旅に出かけます

著 蒼井美紗 Misa Aoi

ill. 丈ゆきみ Yukimi Take

CHARACTERS
ラト
木の実が大好物な
食いしん坊の神獣。
いつも元気でおしゃべり。
リルン
鋭い爪の攻撃と風魔法が
得意なフェンリル。
実はツンデレ。
フィーネ
神獣を呼び出せるスキル
「神獣召喚」を持つ。
エリクをパーティーに誘う。
エリク
本作の主人公。触れた素材が
変化する特殊なスキル
「素材変質」を持つ。
そのせいで錬金工房をクビになり、
冒険者として生きることに。

ジーモン
エリクたちが住む街の
一帯を治める領主。
とある薬を探している。
ゲルト
元冒険者のギルド職員。
面倒見が良く、
カラッとした性格。
デュラ爺
異空間魔法が使える神獣。
物知りでみんなの
お爺ちゃん的存在。

# プロローグ

「エリク！　素材にはぜったい触るなよ！」

ここ数ヶ月、俺が働く錬金工房の朝は、必ずと言っていいほど工房長のこの言葉から始まる。

錬金工房にいて素材に触るなということは、仕事をするなということと同義だ。孤児の俺にだってプライドはあるし、反論したいが……そんな言葉に頷《うなず》くしかない。

なぜなら俺が素材に触れると、どんな素材もダメになってしまうから。

「もちろん、分かっています」

俺の言葉は、自分でも分かるほどに重く暗かった。

仕方がないことだと分かっていても、やはりこの事実に直面するたびに悲しくなるのだ。

同僚たちが忙しそうに素材を手にして錬金を始めているのを見て、唇を噛み締めた。

数ヶ月前までは、俺も普通に働いていたのに。錬金が好きだったのに。なんでこんなことになったのか……神は俺に恨みでもあるんだろうか。

邪魔でしかない、あんなスキルを俺に授けるなんて。

この世界では一人一つ、二十歳までにスキルが与えられる。

よくあるスキルは俊足や筋力強化など、ありがたいけど目立たないスキルだ。剣術や魔法系のスキルを手に入れればかなりの幸運で、騎士団や魔法師団を目指せる。

それ以外にもテイムや空中浮遊、索敵、鑑定など特殊なスキルも存在しているのだが……俺が手にしたのは、そんな特殊スキルのうちの一つだった。

しかもスキルの一覧本にも載っていない、かなりの希少スキル。

——素材変質。

それが俺のスキルだ。

スキル名が頭の中に響いた時には、心が浮き立った。なぜなら聞いたことのない希少スキルは、凄い効果を発揮することも多いからだ。

でもそれから数時間、錬金工房で様々な素材に触れてみて、浮き立った心は粉々に砕け散った。

なぜなら……触れた素材は全て元よりも使えない、品質の悪い素材に変質したから。

例えば風邪薬などによく使われるヒール草。俺がヒール草に触れると、ただの雑草か腐ったヒール草、または枯れたヒール草になる。今のところ百回以上試して、より良いものになったことは一度もない。

「エリク！」

工房長に怒鳴《どな》るように声をかけられ、ハッと顔を上げた。

「は、はい。何でしょうか」

「ボーッとしてんじゃねぇ。お前は役立たずなんだから、念入りに掃除でもしてろ！　うちの工房は、給料泥棒を雇ってられるほど余裕ねぇんだ！」

工房長がそう吐き捨てて俺の横を通り過ぎていったところで、思わず溜息が溢《こぼ》れる。工房長は昔から厳しい人だったが、こんなことを言う人じゃなかったんだ。

ただ俺のスキルが発現して、それが使えないどころか害悪なスキルだと分かって、何度かミスで素材をダメにしたら……俺への当たりが強くなった。

悲しいし怒りも湧くが、工房長の気持ちも分かるので、何も言い返せない。今の状況で、解雇されないだけ俺はラッキーなのだ。

本当に、なんでこんなスキルを授かったんだ。こんなスキルならない方がよっぽどマシだった。他の皆みたいに筋力強化とかだったら、どれほど良かったか。

もう何度目になるか分からない、どこにぶつければいいか分からない怒りが湧いてくる。

「はぁ……」

怒りを溜息に変えて、汚れた雑巾を手にした。

こういう既製品は素材変質の対象外なのだ。俺の素材変質スキルが発動するのは、加工前の植物系の素材、魔物の素材、鉱石や金属などの素材に触れた時だけ。

加工前のものは、手袋をしていても触れたらダメだった。手袋なしでは一瞬で変質するが、手袋をしていてもせいぜい一秒の猶予《ゆうよ》ができるぐらいだ。

「もう、辞めた方がいいかな」

思わずそう呟《つぶや》いたが、どうしても踏ん切りがつかない。

ここを辞めても、他で雇ってもらえるなんて保証はないのだ。元々孤児という大きなハンデがあるのに、それに加えてこんな変なスキル持ちだ。誰も雇いたがらないに決まっている。

加工後の商品しか置いていないところとなると、かなり職種が絞られるだろう。基本的に工房は無理で、例えばどこかの店で働く店員などだろうか。

でも店員になるには、孤児という出自が邪魔をするのだ。

孤児院出身だと身元が曖昧《あいまい》だから、客に対応する店員としては歓迎されない。孤児という情報だけで、落とされてしまう。

そうなるともう、あとは冒険者ぐらいしか……

「って、うわっっ！」

考え事をしながら掃除していたら床から顔を上げた瞬間、棚にぶつかってしまった。何か大きなものが俺の上に落ちてきた気配がして、思わず両手で頭を庇《かば》ってしまう。

しかしほとんど衝撃はなくて、恐る恐るその何かの下から這《は》い出ると……それは、保管されていた魔物の皮だった。

「や、やっちゃった」

綺麗な輝きを誇るルビースネークの皮が、俺の手に触れたことでみるみるうちにその輝きを失っていく。呆然としているうちに、俺の腕の中にあったはずのルビースネークの皮が、ただのレッドスネークの皮になってしまった。

近くにいた同僚たちが目を見開いて俺とスネークの皮を凝視していて、異様な静けさに包まれたところに——工房長がやってきた。

「そ、そ、それは……っ！」

工房長は事態を把握すると顔を真っ赤に染め上げ、俺の服の襟首《えりくび》を掴《つか》んだ。そして至近距離で怒鳴られる。

「なんてことをしてくれたんだ！　これがいくらするのか分かってるのか!?」

「……本当に、すみません。少しずつでも弁償を……」

「もういい！」

工房長はこれ以上俺の言葉を聞きたくないと言うように遮《さえぎ》ると、襟首を掴んでいる手を強めに払った。それによって俺は床に倒れ込み、見上げた工房長に睨みつけられながら、絶望を感じる言葉を告げられる。

「エリク、お前はもうクビだ。今すぐ出ていけ！　早く！」

工房長に工房の出入り口を指差された俺は、突然の出来事にまだ混乱しながらも、とにかくこれ以上怒らせてはいけないと立ち上がった。

そして惨《みじ》めで泣きたい気持ちを押し殺し、冷静に頭を下げる。

「今まで、ありがとう、ございました……」

突然追い出されるのは辛いが、害のあるスキルが発現してからもしばらく雇い続けてくれて、無駄にしてしまった素材の弁償も求められていない。

これは、工房長なりの精一杯の優しさだろう。

俺は勝手にそう思うことにして、もう工房長の顔も同僚の顔も見ずに、自分の鞄だけ掴んで俯《うつむ》いたまま工房を後にした。

後ろでドアが閉まる音が響いてから一度だけ振り返ったが、誰一人追いかけてきてくれる人はいない。それを確認してから未練を断ち切るように頭を横に振って、行き先も決まらないまま足を前に進めた。

# 第一章　冒険者と衝撃の事実

工房を飛び出してしばらく当てもなく歩いていると、やっと混乱していた頭の中が落ち着いてきた。そこで近くにあった広場のベンチに腰かけ、これからのことを考えることにする。

「はぁ……これからどうするか」

俺は工房の屋根裏部屋を借りて暮らしていたので、仕事と一緒に住む場所も失ったことになるのだ。あそこにあった家具とかは備え付けだし、取りに戻っても仕方がない。必要な荷物は全て鞄に入れていたから、この鞄の中のものだけが今の俺の全てだ。

とはいえ、この鞄にだって碌《ろく》なものは入っていない。

少ない給金をコツコツと貯めていたお金と、仕事に使ういくつかの道具ぐらいだ。

「そうだ。屋根裏部屋に服を置いてきたままだ……」

小さな収納スペースに畳んで仕舞っていた服を思い出し、取りに戻ろうか悩む。でも工房長はかなり怒っていたし、正直荷物を取りに戻る勇気はない。

やっぱり、もっと早くに自分から辞める決断をするべきだったんだ。

それなら次の仕事を探す猶予もできただろうし、工房長とだってこんなに険悪にならず、住む場所もない状態で突然放り出されることはなかった。

今更考えても意味はないが、どうしても後悔が浮かんできてしまう。

「はぁ……」

スキルを得てから何度目か分からない溜息を溢し、とりあえず服は諦めることに決めた。もうかなり古かったし、ちょうど買い替える理由になっただろう。

無理にでも明るい方向に考えた俺は、とにかく仕事を見つけないとこの先の生活が成り立たないと気合を入れて、勢い良く立ち上がった。

まず住む場所は安い宿にしよう。そして服とか生活に必要なものは、中古で揃《そろ》えるしかない。

ただ何をするにも金が必要だ。今俺が持っている金で生活できるのは……せいぜい一ヶ月ほどだと思う。その間に安定した収入を得られるようにしないと。

「もう、冒険者ギルドに行くしかないか……」

冒険者ギルドとは世界中に広がる組織だ。出自は関係なく誰でも冒険者として登録ができ、それぞれにランクというものが割り振られる。そのランクに応じて受けられる依頼があり、依頼を受けて達成すると報酬がもらえる仕組みなのだそうだ。

確か最初は全員が一番低いランクからスタートして、実力があれば少しずつ上がっていく。そして上位ランクの依頼ほど、報酬も高いのだ。完全な出来高制であるため、実力さえあれば大金持ちになることもできる。

ただその代わりに、依頼を達成できなければ収入はゼロで、さらに依頼中の事故などに関しては全て自己責任と聞いた。依頼の内容は魔物討伐や素材採取、護衛など危険なものが多いらしいことを考えると、かなり厳しい仕事だろう。

俺は孤児院を出て働き始める時に、冒険者になることも視野に入れたのだ。

しかし戦いのセンスがなくて、死と隣り合わせという環境に自分が耐えられるとは思えず、断念した記憶がある。

だから冒険者だけは選びたくなかったが……他に選択肢がない以上、仕方がない。

「よしっ」

こうなったら腹を括《くく》って、冒険者として生きていくしかない。俺は気合を入れて、まずはギルドまで走っていくことにした。

十二歳の時から六年間、ずっと椅子に座って錬金ばかりしていたのだ。体は完全に鈍《なま》っていて、少しの運動で尽きる体力だろう。これからは毎日鍛えないといけない。

意気揚々と走り出してから数分後――俺は大通りの端にへたり込んでいた。まだギルドには辿り着いていない。

「マジで、やばいな。……はぁ、走るのって、こんなに疲れるのか」

自分の体力のなさに自分で驚く。確かに思い返してみると、俺は工房から一歩も出ない日もあったほどに、錬金にのめり込んでいた。それは体力だって底辺を這っているはずだ。

「ふぅ……」

なんとか息を整えてから、普通に歩いていこうと決めて再度ギルドに向かって足を進めた。

突然走ったりしたらダメだ。まずは毎日歩くようにして、それに慣れたらジョギングから始めよう。あとは筋トレもして力を付けないと。

そんなことを考えながらしばらく歩いていると、冒険者ギルドが見えてきた。六年前に何回か来た以来で、凄く懐かしい。

少しだけ緊張しつつドアを開けると……中は意外にも閑散《かんさん》としていた。冒険者が集まる時間じゃないみたいだ。

受付がいくつかあって、その中の一ヶ所だけ人がいたのでそこに向かう。

「冒険者ギルドへようこそ。ご依頼ですか？」

受付にいる女性はにこやかな笑みを浮かべて対応してくれた。ご依頼ですかってことは、俺が依頼を出す側だと思っているらしい。

まあ、それも仕方がない。このヒョロヒョロが冒険者登録をするとは思わないだろう。一瞬で魔物にやられて死ぬ未来しか見えないはずだ。

「いえ、冒険者登録をしたくて」

でも俺は、冒険者以外に道がないのだ。ほぼ確実に採用されないだろう就職活動に時間を割いている暇はない。

そんなことをしているうちに金が尽きて、その辺で野垂《のた》れ死《じ》ぬことになってしまう。

「……かしこまりました。冒険者は危険な仕事も多いですが、よろしいですか？　全て自己責任となりますので、大きな怪我をした場合などに補償されることはありません」

「はい。大丈夫です」

女性はかなり心配してくれているのか眉間に皺《しわ》を寄せていたが、俺が躊躇《ためら》うことなく頷いたのを見て諦めたのか、一枚の紙を取り出した。

「こちらに必要事項の記入をお願いします」

「分かりました」

それからいくつかのやり取りを済ませ、登録料を支払って冒険者登録は完了だ。俺はFランクの冒険者カードを受け取り、さっそく依頼票が貼られた掲示板に向かった。

冒険者はFからAランクまでに分かれていて、自分のランクの一つ上の依頼までしか受けられないらしい。ランクを上げるには依頼をたくさんこなし、冒険者ギルドの昇格試験に合格しないといけないそうだ。

「報酬が安いなぁ」

Fランクの、特にその中でも一般的な採取依頼は、毎日必死に働いて何とか暮らしていける程度の報酬のものしかない。

でも俺に戦闘技術はないし、魔物討伐なんて無理だから仕方がない。

「これにするか」

街のすぐ近くでも採取できるような簡単な依頼を選び、依頼票を剥《は》がして受付に向かった。

依頼を受注してからまず向かったのは、冒険者ギルドの隣にあった道具屋だ。冒険者が必要とするものが一通り揃っている店らしい。

「いらっしゃい。何をお探しで？」

「ナイフを買いたいです」

「ナイフですね。そこの奥に五本あります。お好きなのをどうぞ」

店員が教えてくれた場所に向かうと、確かに五本のナイフが並んでいた。どれも無骨で使いやすそうなナイフだ。

魔物に対して使うんじゃなくて基本的には採取用だから、これは重すぎるし、こっちのナイフは刃が分厚すぎる。

錬金工房で素材の処理をする時に使っていたナイフを思い出しながら五本全てを確認し、一番手に馴染んだものを選んだ。

さらにいくつか冒険者としての生活に必要なものを購入し、依頼を受ける準備は完了だ。

「ありがとうございました～」

店員に見送られながら店を出ると、何となく入店時よりも背筋が伸びる気がした。やっぱり使いこなせなくても、武器を持ってると気が引き締まるな。

六年前に一度はセンスがないと諦めた道だけど、また剣も練習するかな。素材採取で何とか食い繋いでいる間に、剣を練習して魔物討伐もできるようになるのが理想だ。

魔物を倒してその素材を売れるようになれば、一気に生活は楽になるだろう。

でもとりあえず、今は素材採取だ。最初に受けた依頼を失敗するわけにはいかない。

俺は気合を入れ直して、街の外門に向けて足を進めた。

「おっ、新人冒険者か？　気を付けろよ～」

外門を通る時に門番の男性に声をかけられながら、俺は数年ぶりに街の外に出る。街の外には魔物がいて危ないので、基本的に街中に住む人は外に出ることなどないのだ。

街によっては魔物がほとんどいないため外門がない地域もあるらしいが、この街は外門を出るとすぐに草原と森が広がっていて、そこには魔物が生息している。

「おお……広いな」

どこまでも続くような草原と遠くに見える森。そして先が見えないほどに続いている街道。

俺はそんな景色に、少し感動した。

しかしすぐに気持ちを切り替え、周囲への警戒を強める。素材採取の依頼だって、魔物に襲われる危険はあるんだ。しっかりと警戒して、魔物がいたら早めに逃げるようにしないと。

「依頼はヒール草を十本だったな」

ヒール草はどこにでも生えている薬草で、風邪薬などによく使われるものだ。しかし錬金素材としても使われていたので、かなり汎用性《はんようせい》が高い素材だと思う。

こういう草原に生えてるはずなんだけど……

外門に近い場所で、草原の中を覗き込むようにしながらうろうろと歩き回っていると、数分で一本目のヒール草を見つけることができた。

これを何とか、手で触れずに採取しなければいけない。鞄から道具屋で購入した小さなトングを取り出す。

錬金をするには繊細な処理が必要で、トングじゃあまりにも時間がかかりすぎて話にならなかったが、採取をするぐらいならこれでいけるはずだ。

左手にトングを持ち右手にナイフを持って、ヒール草を上手く押さえて……

「よしっ」

ナイフで切り取ることに成功した。トングで挟まれたヒール草は変質していない。あとはこのヒール草を、買ってきた袋に入れられれば完璧だ。

絶対にヒール草には触れないように注意をして、一本目の採取が成功した。

「ふぅ……」

俺はなんとかやっていけそうなことが分かり、安心感から大きく息を吐き出す。

思わずその場に座り込み、両手を地面に付いて……手に草が当たる感触がしたところで、ヤバいと気付いてすぐに立ち上がった。

しかし時すでに遅く、地面に生えていた草はキラキラと輝きながら変質していく。

その様子を見て思わず溜息が溢れたが、変質した植物を見た瞬間、目の前で起きていることを理解できずに固まってしまった。

「――これって、白華草《はっかそう》か？　それにこっちは、ヒール草だ。こっちには光草《ひかりぐさ》まで……」

何が起きているのか、全く理解ができない。

白華草は希少な錬金素材で、光草も草原では育たない、森の暗い場所に生える草だったはずだ。

そもそもこの場所の植物は、さっき俺のスキルで変質したはず。変質がいい方向に向かったってことか……？

でも今まで何度も試して、そんなことは一度もなかった。

俺は何が起きているのかよく分からず混乱して、とりあえずまた近くの草を触ってみることにした。名前も付いてないような雑草に触れると――雑草が、光草に変化する。

「ま、待って待って、え、ど、どういうこと!?」

信じられない事態に動揺が収まらない。

俺は深呼吸をして、自分のスキルに関して今の段階で分かってることを思い返してみた。

素材変質のスキルは両手でのみ発動するもので、発動は常時。一度変質したものが再度変質することはなく、変質するのは素材段階のものに限定される。製品になったものはなぜか変質しない。

手袋などをしても変質は防げず、素手の時より少し遅れるだけで変質が始まってしまう。トングのようなもので挟む場合は、基本的には変質しない。

そして一番大事なところ――変質は、悪い方向に表れる。

今のところ分かっているのはこのぐらいだが、確かにこうして思い返してみると、生えている植物にスキルを試してみたことはなかったかもしれない。

もしかして、採取前の素材はいい方向に変質するとか、そういうルールがあるのだろうか。

「……最低なスキルじゃなかったのか」

ポツリと呟いた言葉が自分の耳に届き、俺は口角が上がっていくのを抑えられなかった。

かなりテンションが上がった俺は、次から次へと雑草を変質させて、素材を採取していく。一度変質したものは触れても大丈夫なので、採取のスピードは速かった。

「変質には規則性がありそうだな」

なんとなくだが、似た系統の上位種に変質するみたいだ。

例えば、この葉が尖った雑草は、ほぼ確実にヒール草に変化する。こっちの葉が丸っこいのは、今のところ確実に光草だ。

悪い方向に変質したものは、一つもない。

「……ヤバい、楽しすぎる」

この先の人生が真っ暗だったところに、突然強い光が差し込んだのだ。抑えようとしても頬が緩んでしまい、一人でニヤニヤしてしまう。

この能力を使えば野垂れ死ぬどころか、裕福な暮らしだって夢じゃない。

変質済みの素材ならいくらでも触れるから、錬金をすることだって可能だろう。単純にまた錬金ができることが嬉しいし、錬金工房にもう一度雇ってもらうことも……

そこまで考えて、俺は首を横に振った。

「いや、それは違うな」

このスキルは、採取をする冒険者でこそ生かされるはずだ。素材採取が中心の冒険者になって、錬金は趣味で続けるのが一番かもしれない。

これからは制限なく、好きなように、さらにレア素材を使って錬金ができる。

「最高すぎるな……」

早めに素材採取で金を貯めて、自分用の錬金道具を買い揃えよう。なんだかこれからの人生が、凄く楽しみになってきた。

「あっ、また白華草だ」

それからの俺は、とにかく夢中で素材採取を続けた。

これがいくらになるのか、このレア素材でどんな錬金ができるのか、そんなことを考えていると楽しくて、変質と採取を繰り返す手が止まらない。

楽しさのあまり今いる場所がどこなのかということも頭から抜け落ち、ひたすら地面だけを見て少しずつ場所を移動し――

ガサッという物音で顔を上げた時には、危機がすぐそこまで迫っていた。

「……っ！」

知らないうちに森の近くまで来ていた俺は、三匹のホーンラビットに囲まれている。

一気に噴き出した嫌な汗にナイフを落としそうになり、慌てて強く握りしめて、いつでも立ち上がれるようにと足に力を入れた。

いくらレア素材を手に入れられたって、生きて帰れなきゃ意味ないのに……油断していた俺は本当にバカだ。

内心で激しく後悔しつつ、ホーンラビットからは視線を逸らさない。というよりも、恐怖から逸らせなかった。どちらも動かない永遠にも感じるような時間が過ぎ――まず動いたのは、ホーンラビットだ。

ホーンラビットは強く地面を蹴って、俺に向かって飛び込んでくる。

額から生えた鋭い角《つの》が日の光を浴びてきらりと光った瞬間、俺は転がるようにして横に避けた。

しかし腕に角が掠《かす》って、血が流れる。

その血を見ていると、この場所が死と隣り合わせであることを、嫌でも実感させられた。

ここから外門まで走って十分はかからない距離だと思うが……逃げられないか。俺の足の速さでは、外門に辿り着く前に後ろから角で刺されて終わりだろう。

ホーンラビットを倒すしか、ここで生き残る術《すべ》はない。

それを認識した俺は、手にしていたナイフをホーンラビットに向けて構えた。

「絶対に勝つ」

自分に気合を入れるためにもそう口にして、またこちらに飛びかかってきたホーンラビットに向けて、ナイフを前に突き出す。

俺にとっては渾身《こんしん》の反撃だったが……ナイフはホーンラビットに掠りもしなかった。

光景がなぜかゆっくりに感じられ、ホーンラビットの角が俺の腹に突き刺さる。その痛みを予測して無意識のうちに体に力を入れていると……突然、白い何かが俺の横を駆け抜けた。

ドンッという鈍い音がして、ホーンラビットが強く地面に叩き付けられる。

「……は？」

俺が間抜けな声を発しているうちに、その白い魔物らしき生物は、残り二匹のホーンラビットも一瞬にして倒してしまった。

少し遠くで動きを止めた白い魔物に、俺は呆然と立ち尽くすことしかできない。

「助かった……のか？」

それとも、次は俺が標的になるんだろうか。

もしそうであるなら、ここで足掻《あが》いても仕方がない。相手はホーンラビットを一撃で倒せるような魔物、俺がどう行動したって結果は変わらないからだ。

そう考えたら謎の余裕が生まれてきて、俺はその魔物をじっと観察した。

その魔物は真っ白な毛並みで、なんだか神聖な雰囲気を纏《まと》っている。汚れがなくとても綺麗で、野生じゃないみたいだ。体は結構大きくて、見た目的には狼系の魔物だと思うが、それとは少し違う気がする。錬金工房で魔物の種類については詳しくなったつもりだったが、今まで一度も存在を知る機会がなかった魔物だ。

どんな生態を持つのだろうか。そもそも、この場所にいる理由は――

「あの」

そこまで考えたところで、誰かから呼びかけられた声が耳に届いた。

ハッと顔を上げると、すぐ近くにいたのは……思わず見惚《みと》れてしまうような、とても可愛い女の子だ。ピンク色のふわふわとしたロングヘアが風で少し揺れている様子に、目を奪われる。

「君、大丈夫？　間に合ったかな」

その問いかけに、慌てて頷いた。

「う、うん。ありがとう」

心配そうな表情の女の子は俺の返答を聞き、安心した様子で頬を緩める。

笑顔の破壊力ヤバいな……そんなことを考えていたら、女の子は白い魔物の元に向かった。

その様子を見て、俺はやっと白い魔物がテイムされているのだと気付く。テイムされているということは、俺を襲うことはないということだ。

すなわち——

「助かったぁ～」

大きな安堵感に、思わずその場にしゃがみ込んでしまう。

「はぁ……本当に死んだかと思った」

そう呟くと、女の子が白い魔物を連れて俺の元に戻ってきた。

「なんでこんなところにいたの？　ナイフ捌《さば》きからして、全く戦い慣れてなさそうだったけど。街の外は危ないから出ない方がいいよ」

俺を冒険者だと思ってなさそうな忠告に、男として悔しい気持ちになる。しかし事実以外の何物でもないため、反論はしなかった。

「それは分かってる。でも色々と事情があって、冒険者になるしかなかったんだ。できる限り安全を確保できるようにって、素材採取をしてたら魔物に襲われて」

そう説明しながら鞄をポンと叩いたら、素材がたくさん詰まった鞄から、いくつかの光草と白華草が溢れ落ちる。

「あっ、落ちた……」

「ちょっと待って。それ、ここで採取したの？」

素材を拾おうと屈《かが》んだ瞬間、女の子に腕を掴まれた。

確かにこんなに弱い俺が、森の奥にあるような素材を持ってたら不自然だろう。

「いや……」

「じゃあ、こんなにたくさんの素材をどうしたの？　どれも凄く新鮮なように見えるけど」

「えっと……その。実は俺、ちょっと特殊なスキルを持ってるんだ」

希少スキルだからあまり広めない方がいいのだろうかと迷いつつ、この先このスキルで稼いでいくならいずれ知られるだろうし、ここで変な疑いをかけられるのは避けたいと思い、口を開いた。

「素材変質ってスキルで、採取後の素材は触れると劣化する代わりに、採取前の素材は触れるとより良いものに変化するんだ」

説明するより見せた方が早いと思い、その場にしゃがみ込んで雑草に手で触れた。

すると名前も付いていない雑草が、キラキラと光りながらヒール草や光草に変化していく。

「こんな感じ。実は俺もついさっき、このスキルの力に気付いたんだ。役立たずどころか害があるスキルだと思ってたから、嬉しくて採取に夢中になりすぎて」

そんな俺の説明を聞いた女の子は、目を大きく見開いていた。

「凄いね……採取前なら必ずいいものに変わるの？」

「多分そうだと思う。ただ検証しきれてないから、確実なことは言えないかな。少なくともこの鞄に入ってる分の素材は、全ていい方向に変質したけど」

「そっか」

女の子は一言そう告げると、難しい表情で考え込んでしまう。

それからしばらくして、森の方向を指差した。

「突然なんだけど、ちょっと一緒に森に来てくれない？　試して欲しいことがあるの」

女の子から悪い感情は伝わってこなかったし、助けてもらったという恩もあるので、俺は素直に頷く。

「分かった」

それから少し歩いて辿り着いたのは、森の中にある一本の木の下だった。

「この木の実を触ってみてくれる？」

「これってコルンの実だよな？」

コルンの実は比較的安価で手に入る木の実で、栄養豊富な上に美味しいので人気の食材だ。そのままでも火を通しても美味い。

「うん。これが何に変わるのか試して欲しいの」

「……分かった」

俺は少し緊張しながら、手が届く範囲にあるコルンの実に手を伸ばした。

そっと触れると……茶色の木の実は、キラキラと光りながら鮮やかな青色の木の実に変わる。

「これなんだろ。知ってる？」

見たことがない色の木の実に、女の子へ視線を向けると、俺の視線は女の子じゃなくて、いつの間にかその肩に乗っていたリス型の魔物に釘付けになった。

なぜならその魔物は、目をこれでもかというほど輝かせながら、満面の笑みを浮かべて青色の木の実を見つめていたから。

さっきまでは存在感なかったのに、いつからいたんだ……？

というか、魔物って笑えるのか？

そんなことを考えていたら、突然頭の中に可愛らしい声が響いてきた。

『まさかファムの実を作り出せるなんて！　素晴らしすぎるスキルだね‼』

「……え？」

どこからその声が聞こえたのか分からず、間抜けな声を出してしまう。女の子は口を開いていない。ということは……

「驚かせてごめんね。もうラト、突然話しかけたら驚かせるでしょ？」

『だって、ファムの実を作り出せる人間だよ？　お礼を言わなくちゃ！』

「ラトは本当に木の実が好きなんだから」

『そんなことよりフィーネ、早くファムの実を採って欲しいな！』

女の子と魔物が会話をしているというあり得ない光景に俺が完全に固まっていると、女の子が青色の実を採取してリス型の魔物に手渡した。

魔物って話せないよな……え、俺の常識が間違ってる？　世の中には人間の言葉を話せる魔物もいるのだろうか。それともテイマースキルの効果とか？　テイムされた魔物は人の言葉を話せるようになる、みたいな……

目の前の光景にひたすら混乱していると、リス型の魔物がファムの実という木の実を食べ始めたのを見届けた女の子が、俺に視線を戻してくれた。

「驚かせてごめんね。えっと……自己紹介もしてなかったよね。私はフィーネ。君の名前は？」

「あっ、俺はエリク」

混乱しながらもなんとか名前だけを告げると、女の子は嬉しそうな笑みを浮かべて俺に一歩近づいた。

至近距離で見ると、フィーネがとても可愛いということを思い出し、少し照れてしまう。

「エリクだね。さっき君がスキルの説明をしてくれたけど、実は私もちょっと特殊なスキルを持ってるの。スキル名は神獣召喚。ファムの実を食べてるこの子がラトで、本名はラタトスク。そしてこっちの白い子がリルンで、本名はフェンリルだよ」

神獣召喚……ということは、この魔物だと思ってた二体は神獣ってことか？　神獣ってあれだよな、神から遣わされた神聖な存在だっていう……

「ごめん、ちょっと混乱してる」

「まあ、そうだよね。私もエリクのスキルにはかなり驚いたよ」

フィーネはそう言って笑っているけど、俺のスキルなんかより神獣召喚の方が圧倒的に希少だろう。だって神の遣いを召喚できるんだ。そんなスキルありなのか？

「えっと……フィーネは凄い人だったりする、とか？」

王族や貴族、さらには教会の偉い人。そんな目上の存在かと思って聞いたが、フィーネは苦笑を浮かべて首を横に振った。

「私は普通の平民だよ。辺鄙《へんぴ》な村出身の。このスキルはたまたま授けられたんだと思う。偉い人だからって凄いスキルを得られるわけじゃないでしょ？」

「……確かにそうだな」

俺だって孤児院出身の何も持ってない平民だが、希少スキルを手に入れたんだ。俺たちは互いにかなりの幸運だったたってことか。

「それでエリク、私から一つ提案があるんだけど聞いてくれる？」

フィーネがラトのことを優しく撫《な》でながら発したその言葉に、俺は何となくここが自分の人生の転換点のような気がして、少しだけ緊張しつつゆっくりと頷いた。

「もちろん」

「ありがとう。……あのね、もしエリクさえ良ければ、私たちの仲間になって欲しいの。具体的にはパーティーを組んでくれないかなって」

小首を傾げながら告げられたその言葉に、俺は自分が必要とされている嬉しさが腹の底から湧き上がってくるのを感じる。

そのじわじわとした感情に頬が緩んでいくのを感じていると、ラトという神獣が口を挟んだ。

『フィーネ、もし良ければなんて消極的じゃダメだよ！　絶対に逃しちゃダメだからね！』

「もう、ラト。エリクにだって事情はあるんだからね。エリク、ラトの言うことは気にしなくていいから素直に答えてくれる？　私としては、エリクのそのスキルが私のスキルと凄く相性が良くて、一緒に助け合えたらいいなと思ってるの。私と仲間になった場合のエリクのメリットは、魔物への対処を私たちが全部引き受けることかな」

要するに、俺のスキルはラトがファムの実を欲しているように、神獣が好きなものを作り出せるという部分で評価されてるってことか。

その代わり、俺は神獣に守ってもらえて、さらにフィーネという仲間を得られる。

そんなの――断る理由がない。正直かなりありがたい申し出だ。

「フィーネたちが良ければ、ぜひ仲間にして欲しい」

「本当!?　ありがとう」

フィーネは俺の返答に目を輝かせると、俺の手をギュッと握って顔を近づけ、満面の笑みを向けてくれた。

至近距離でのフィーネの可愛さは心臓に悪い……もしかしてフィーネ、これ計算でやってたりする？　純粋そうにも見えるし、意外と強《したた》かそうにも見える。

そんなフィーネに翻弄《ほんろう》されつつ、俺は何とか平常心を取り戻して口を開いた。

「こちらこそ助かる。正直戦闘力は大きな問題だったんだ」

「それなら良かった。私も凄く助かるよ。ラトはファムの実が欲しいってうるさくて。コルンの実でも妥協してくれてたから何とかなってたけど、ファムの実の噂を聞くとどんなに険しい山の中でも行こうとするんだから」

『だってフィーネ、ファムの実は凄いんだよ。幸せの味だからね。エリク、もう一つファムの実を作ってくれる？』

期待の眼差しを向けられたので、俺は目に見える範囲にあった五つのコルンの実、全てに軽く触れた。すると例外なく全てが鮮やかな青い木の実に変化する。

『エリク……最高だよ！　ありがとう！』

「う、うわっ」

ラトは感極まったのか、フィーネの肩から俺の胸あたりに飛び込んできた。俺はそんなラトを落とさないように、慌てて両手で受け止める。

……ふ、ふわふわだ。

「あの、ラト様？　って呼べばいいのでしょうか？」

神獣にタメ口はダメかもしれないと思って畏《かしこ》まった口調で声をかけると、ラトは可愛らしく首を横に振った。

『普通にラトでいいよ。仲間になるんだから気楽にね。リルンもいいでしょ？』

『別に構わん』

今までずっと静かに佇《たたず》んでいた白い神獣――リルンにラトが声をかけると、リルンは表情を変えずに頷いた。これは歓迎されてるのか……？

リルンの本心が分からずに困惑していると、フィーネが少し強めにリルンの頭を撫でた。

『な、何をする！』

「もう、リルンは素直じゃないんだから。エリクが仲間になってくれて嬉しいなら、ちゃんと言わなきゃダメだよ？」

『……別に嬉しいわけでは』

「へぇ～そうなんだ。じゃあ、エリクに美味しくて貴重な果物を作り出してもらわなくていいのかな。美味しいパンが焼けるのになぁ～」

わざとらしく告げたフィーネに、リルンが大きく反応する。

『なっ！』

リルンはパンが好きなのか。

随分と人間らしい神獣なんだな……。

『……エ、エリク、歓迎しよう』

フィーネの言葉を受けて、リルンは俺を歓迎してくれた。

「ごめんね、エリク。リルンは素直じゃないけど、悪い子ではないから許してあげてくれる？」

「ああ、もちろん。なんとなくさっきのやり取りで、性格は分かったよ」

多分リルンは、素直になれないタイプなのだろう。

「じゃあ……リルン、って呼んでいいか？」

そう話しかけてみると、リルンはさっきまでよりも緩んだ表情で頷いてくれた。

『うむ、許そう』

「ははっ、ありがとな」

なんだか可愛く見えてきて、思わずリルンの頭に手を伸ばしてしまう。すると、リルンの毛並みは見た目通りとても綺麗で、もふもふだった。

『なっ、まだ頭を撫でることは許してないぞっ！』

そう言って離れてしまうリルンを見送り、残念に思っていると、フィーネが苦笑しつつ教えてくれる。

「もう、ほんっとうに素直じゃないんだから。でもエリク、そもそもエリクにこの子たちの声が聞こえてる時点で、受け入れられてるよ。神獣は声を聞かせる相手を選べるから」

「あっ、そうなんだ。……そういえば普通に受け入れてたけどさ、神獣って人の言葉を話せるんだな」

『この世界にある言語はどれも話せるよ！』

ラトが二つ目のファムの実を頬張りながら言った言葉に、リルンも当然だと頷く。

『この大陸の言葉だけでなく、別の大陸の言葉や少数部族の言葉まで話せるぞ』

「それは凄いな……」

『ふふんっ、神獣だからな』

リルンは褒められたことが嬉しいのか、顎《あご》を少し上げて得意げだ。

『ねぇねぇ、エリク。この木に生《な》ってるコルンの実を、全部ファムの実にできる？』

「多分できるんじゃないか？」

『じゃあ、お願いしてもいい!?　こんなにファムの実が手に入るなんて、幸せすぎるよ!!』

俺が頷いたことに、ラトは大興奮だ。

なんだかリルンもラトも自由な性格な気がして、これからの生活が楽しくなる予感がする。

「エリク、ラトがわがままを言ってごめんね」

少し眉尻を下げるフィーネに、俺は首を横に振った。

「いや、気にしないで。触るだけだし、賑やかで楽しいよ。……それよりもこのファムの実って、どういう木の実なんだ？　それに何でコルンの実がファムの実になるって分かったんだ？」

俺をここに連れてきたってことは、少なからずコルンの実がファムの実になることを、予想していたのだろう。そう考えての問いかけには、ラトが答えてくれた。

『最初にエリクが変質させた植物を見たら、基本的には同じ種類の上位種になってたからね。ファムの実はコルンの実と似た性質を持つから、もしかしたらと思ったんだ』

ファムの実とコルンの実は似た性質を持つのか……色合いとか全然違うのに不思議だな。

『それからファムの実は、基本的に標高の高い場所に生る木の実だよ。錬金にも使えるし、薬の素材にもなるはず。この辺ではあんまり採れないかな～』

おおっ、錬金にも使えるのか。それは嬉しい情報だ。

俺の分を少しもらって、あとで錬金する時に使ってみたいな。

「じゃあ、たくさん採っていくか」

『うん!!』

たくさんという言葉にラトは目を輝かせ、ふさふさの尻尾をピンッと立てた。

「ラト、良かったね。じゃあ採取を終えたら、仲間になるにあたってお互いにもっと詳しく自己紹介をしようか。ラトとリルンのことについても話したいし……草原にある岩場とかでお昼ご飯を食べながらとかどう？」

「それいいな。ただ俺はお昼を持ってきてないから、何か果物とかを採取できるとありがたいんだけど……」

周囲の木々を見回しながらそう伝えると、フィーネは心配いらないと言うように笑顔で首を横に振る。そして鞄から美味しそうなパンを取り出した。

「たくさん持ってるからエリクにもあげるよ。リルンがたくさん買おうたくさん買おうってうるさくって」

苦笑しつつ告げたフィーネに、リルンがすぐ口を開く。

『それは我のだぞ！』

「そんなこと言って、絶対に食べ切らないでしょ？」

『む……そんなことは、ないはずというか、二日かけて食べるのが我の楽しみ方というか……』

つまり欲張って買いすぎて、翌日に持ち越しになるんだな。

ツンッと顔を背けているのに可愛いリルンに、思わず笑いが溢れてしまう。

「ははっ、リルンも可愛いな」

『我は可愛くなどない！』

反応速度があまりにも速くて、俺はもっと笑ってしまった。

そんな俺とリルンを見て、フィーネが笑みを見せる。

「二人が仲良くなれそうで良かったよ」

『なっ……フィーネ、どこを見たら仲良く見えるんだ!?』

「えっと、全体的に？　リルンも楽しそうだったよ」

『そんなことは全くないぞ！』

リルンはそう叫ぶと、はぁはぁと息を荒くして、疲れたように告げた。

『もう良い。エリクに少しはパンを分けてやろう。感謝するんだぞっ』

「ああ、リルン、ありがとな」

素直に感謝を伝えると、リルンは不満げな表情でフンッと顔を背けてしまう。

そんなリルンにフィーネの方へと視線を移すと、フィーネはリルンに優しい眼差しを向けていた。

その目の柔らかさに、思わず俺がドキッとしてしまう。

「じゃあ、さっそく移動しようか」

突然フィーネが振り返って視線が交わり、ずっと見ていたことがバレたかもしれないと、つい視線を逸らしてしまった。

するとフィーネが近づいてきて、俺の顔を覗き込むようにされる。

「エリク、照れてる？」

その顔は確信犯で、俺はついに伝えた。

「フィーネ、絶対に俺の反応を楽しんでるだろっ！」

「ふふっ、そんなことないよ？」

そう言って可愛らしい笑みを浮かべたフィーネだが、この答えはもう頷いているのとほぼ同じだろう。

「なんかこれから、フィーネに翻弄されそうな気がする」

ちょっと前の俺に言ったら、贅沢《ぜいたく》な悩みだって一蹴《いっしゅう》されるだろうが、意外と切実だ。フィーネは可愛いんだから、その武器は仕舞っておいて欲しい。

俺がそんなことを考えていると、フィーネが笑顔を自然なものに変化させた。

「エリクごめん、そんなに悩まないで？　もう意地悪なことしないから」

フィーネのその言葉で、今までの言動は故意だったと判明した。

「やっぱりそうだったのか！」

「初心《うぶ》な感じの反応が楽しくて、ごめんね。いつもはあんまりこういうことしないんだけど、エリクはなぜかいいかなって……」

不思議そうなフィーネに、俺は思わず胸を押さえてしまう。多分今の言葉は、素で言ってたよな……そういうのが一番グッと来るんだ。

俺がかなり弱いからっていうのが大きな理由だと思うが、俺に壁を作らないでくれるのは素直に嬉しい。でもその信頼を裏切れないというのは、ちょっとだけ辛いかもしれない。

「……控えめにしてくれると嬉しい。あとフィーネは可愛いから、もっと気を付けた方がいいぞ」

なんとかダメージを受けながらもそう伝えると、少しだけぽかんとしていたフィーネが、じわじわと頬を赤くしていった。

「えっと……ありがとう」

もしかして可愛いって言葉に照れたの？　そういうところは純粋とか、ズルい……

「とにかく、移動しよう」

これ以上この話を広げるのはダメだと思い、そう提案した。

するとフィーネも、すぐ頷いてくれる。

「そうだね。お腹空いたし、早く岩場に行こうか」

それから俺たちは森を出て、街から少し離れた場所に向かった。

そこは、草原の中にあるちょっとした岩石地帯みたいなところだ。

「ここでいい？」

「ああ、もちろんだ。こんなところがあるんだな」

今までの生活では知ることもなかった街の外の環境に、少し楽しくなって心が浮き立つ。

まあ呑気《のんき》に楽しんでいられるのは、リルンのおかげなんだけどな。

さっきから襲いかかってくる魔物は全てリルンが瞬殺してくれるから、全く危険を感じることなく街の外を歩けていた。

「そういえば、魔物素材ってどの段階で採取前になるのかな」

リルンが倒した魔物をさっきまでと同じように解体しようとして、フィーネがふと思い付いたように口を開く。

確かに……魔物素材はまだ試してなかったな。

「解体前に触れてみてもいいか？　もしかしたら、ダメになるかもしれないけど」

「もちろんいいよ。ちゃんと解体するのも面倒で、さっきから魔石しか取ってないから」

苦笑しつつ告げたフィーネの言葉に、俺も同じような表情を浮かべた。

「うん、もったいないと思ってた。でもこの速度でリルンが魔物を倒してたら、確かにちゃんと解体するのは面倒だよな。持ち帰れる量にも限度があるし」

「そうなんだよね。だから大体は魔石しか取らなくて、たまに貴重な部位や毛皮、あとは私たちの食事用にお肉ぐらいかな」

そんな話をしながら、フィーネが首元を引き裂かれたホーンラビットを手渡してくれる。

俺は魔物をその状態で見ることはほとんどなかったので、少しだけ躊躇いつつ受け取った。

するとその瞬間、ホーンラビットがキラキラとした光に包まれ、光が収まって現れたのは――

「え、アイアンラビットだよね!?」

「だ、だと思う……」

ホーンラビットの上位種である、角部分が純度の高い鉄でできているアイアンラビットだった。

「魔物は解体前に触れるといい方向に変質するんだね」

「そうみたいだな……」

改めて自分のスキルに驚く。

これってかなり凄いスキルだよな。アイアンラビットなんて、相当稀《まれ》にしかお目にかかれない魔物だったはずだ。錬金工房で働いていた六年間で、数回しか見たことがない。

「アイアンラビットの角は持ち帰ろうか」

それからフィーネが手早く解体を済ませ、俺たちは昼食を食べながら話をすることになった。

『早く食べよ！』

『もう腹ペコだ』

「すぐ準備するから、ちょっと待ってね」

待ちきれない二人に笑いながら、フィーネが準備をしてくれる。

俺とフィーネは肉や野菜をパンに挟んだサンドパンで、ラトはもちろんファムの実、そしてリルンは砂糖がたっぷりと付いた揚げパンみたいだ。

さっそくサンドパンを口に運ぶと、味がしっかりと付いていてパンもパリッと歯応えがあり、とても美味しい。

『やっぱりファムの実は最高だね！　何個食べても美味しい！』

『このパン屋は当たりだな。絶妙な揚げ具合だ』

二人も満足なようだった。

そんな二人の様子を確認してから、フィーネが口を開く。

「じゃあ、まずは私から話をするね。私はこの国シュトイヤー王国じゃなくて、スピラ王国にある小さな村で生まれたの。スキルが発現したのは十五歳の時。両親は私が小さい頃に病気で死んじゃって、私は親戚の家で育てられたんだけど、その親戚は私のことを嫌いだったんだ。だから隣村の権力者だっていう嫌な感じの男に嫁がされそうになって、それに抵抗してる時にちょうど、このスキルが発現した」

フィーネは軽い口調で話しているけど、予想外に重い話の導入に驚く。

「最初は使い方なんて分からなくて、このスキルが役に立つのかどうかも分からなかったけど、神獣を召喚できるなんて強そうじゃない？　だからこのスキルにかけて、嫁がされる前日に村を逃げ出したんだ。鞄に数日分の食料だけ詰め込んでね」

「行動力あるな……」

「でしょ？」

思わず溢してしまった感想に、フィーネはイタズラな笑みを浮かべた。

「それで近くの森の中に隠れて、必死に神獣を召喚しようと頑張ったの。でも召喚陣はすぐに出現させられたのに、召喚陣から何も現れずに三日が過ぎて、そろそろ食料も尽きるしどうしよう……そう焦ってた時、偶然近くの木に生ってたコルンの実が召喚陣の中に落ちたんだ。それでラトが召喚されて」

ということは、神獣を召喚するには何かしらの捧げ物？　みたいなやつが必要ってことか。それは何かの偶然がないと気付けないな。

「フィーネ、よく生きてたな」

あまりにも無謀な逃亡劇にそんな感想を漏らすと、フィーネも苦笑しつつ頷く。

「本当に幸運だったよ。三日間魔物に襲われなかったし、何よりもラトを召喚できたからね。そこからはラトに色々と教えてもらって、リルンの召喚にも成功して、二人と一緒に表向きはテイマーとして冒険者をやってるんだ。もう冒険者になって三年目かな」

「スキルのことは誰にも話してないのか？」

「うん。私のスキルはテイマーだって簡単に誤魔化せるから、その方が面倒がないかなって」

確かにそうか。俺も最初は普通にテイマーだと思ったんだ。まさか神獣なんじゃ？　なんて疑う人はいないだろう。

「あと他に話すことはあるかな……あっ、二人の能力についても話しておくね」

フィーネはそう言うと、まずはラトの能力から説明してくれるのか、ファムの実に夢中なラトを手のひらの上に乗せた。

「ラトは印を付けた場所に自分だけ瞬間移動できる能力があって、あとは結界っていう透明な壁みたいなやつを作り出せるんだ」

俺がその説明を聞いて首を傾げていると、ファムの実から口を離したラトが、追加で説明をしてくれる。

『瞬間移動の印は十ヶ所に付けられるんだ。エリクの肩にも付けておくから、フィーネとエリクは僕を通していつでも意思疎通ができるよ。あと結界は、こういうやつ！』

ラトが小さな右手を前に出すと、俺の身長より高くて幅も広い透明な壁が出現した。神獣の力って凄いな……俺の常識外にある力だ。

『この壁を結界っていうんだ。よっぽど強い攻撃じゃなければ、なんでも防げるよ！』

「ラトって凄いんだな……」

『へへっ、神獣だからね』

「ふふっ、そうだね。ラトはこんな感じで、次にリルンは……」

フィーネがリルンの説明に移ろうとすると、言葉を遮るようにリルンが立ち上がった。

『我の能力はこの鋭い爪での攻撃と、風を自在に操れることだ。こんなふうにな』

自慢げに自分の能力を説明してくれるリルンは可愛いが、その能力自体は全く可愛くなかった。

リルンが顎を少しだけツンと上げた瞬間、近くにあった大木が数本、根本から折れるように吹き飛んだ。さらにその近くの木は圧縮された空気がぶつけられたのか、小さな穴が空いている。

それで終わりかと思えば、今度は太い枝を一本、風魔法で上空に吹き飛ばした。そしてその枝が落ちてくる前にリルンが地面を蹴って宙に飛び上がり、その枝をスパスパと爪で切っていく。

その跳躍力や爪の切れ味に、目の前の光景が信じられない気持ちだ。

シュタッと着地したリルンは、顎を上げて満足げに言った。

『まあ、こんなものだ。他にはハリケーンのようなものを起こしたり、風による静電気で雷のような現象も起こせる』

「なんか、本当に凄いな……」

もうこの感想しか出てこなくて、俺は呆然としてしまう。

しかしその言葉だけで、リルンには満足だったようだ。

『ふふんっ、凄いのは当然だ。我は神獣、フェンリルだからな』

その決め台詞《ぜりふ》で満足したのか、リルンはまた食事に戻る。そんなリルンを苦笑して見守り、フィーネは口を開いた。

「私が説明するまでもなかったけど、二人の能力はこんな感じかな。凄く強いから魔物への心配はいらないよ」

「もう、十分に伝わった。この辺の魔物なんて敵じゃないな」

「そうだね。今まで危険に陥ったことはないかな。でも、この強さで本来の力の半分ぐらいなんだって。そもそも神獣って世界の危機？　に対処するための存在らしくて、その時だけ本来の力を解放できるらしいよ」

初めて聞く壮大な話に、現実味が湧かない。

「そうなのか……」

俺は意図的に意識を切り替えて、フィーネに問いかけた。

「召喚した神獣は、無条件でフィーネの仲間になってくれるのか？」

「ううん。召喚はしてもメリットを提示できないと帰っちゃうんだって。ラトはコルンの実を定期的にあげることを条件に、リルンはパンを毎日あげることを条件に仲間になってもらったの」

「契約みたいな感じなんだな」

でもここまで見てきた三人の関係性から、もうそんな契約がなくてもラトとリルンがフィーネから離れることはなさそうだ。

ラトは分かりやすく、リルンは分かりづらいけど確実に、フィーネのことが大好きに見える。

「私の話はこのぐらいかな。次はエリクの番ね」

「分かった。俺は――」

それからは俺の孤児院時代の話から始め、錬金工房の職人時代、そしてスキルを発現して錬金工房を追い出され、スキルの真価に気付くところまで話をした。

フィーネほど波乱万丈でもないので、すぐに説明は終わる。

「そんな経緯だったんだね……エリクはこのまま冒険者として生きていくのでいいの？」

「ああ、このスキルは冒険者の方が生かせるだろうしな」

「良かった。じゃあこの後街に戻ったら、パーティー登録をしようか。パーティーとして登録すると、一緒に一つの依頼を受けるのが楽になるらしいから」

パーティー登録か。このスキルがある限り俺には無理だと諦めてたが、まさか冒険者になって初日にできるなんて。

「もちろんしよう。それでその後はどうする？　俺はいろんなレア素材を手に入れて、錬金を楽しみたいと思ってるんだ」

「おお、いい夢だね。私はもっとたくさんの神獣と知り合いたいなと思ってるのと、せっかくだから世界中の国を全て回ってみたいなと思ってるんだ。ラトやリルンたちがいれば、無理なく実現できるかなって」

かなり壮大な夢だな……でも楽しそうだ。俺は家族がいないからこの街に愛着はないし、世界を巡るのに支障はない。

「それ、わくわくするな」

「本当？　エリクがそう言ってくれて良かった」

「今までは何ヶ国巡ったんだ？」

「それがね、まだここが三ヶ国目なの。途中の街で幻のパンがあるみたいな話を聞いて、それを探すのに凄く時間を取られて……」

フィーネが苦笑を浮かべつつ発した言葉を聞いて、リルンが眉間に皺を寄せたのが見えた。

『凄く期待して我が何ヶ月も時間をかけて見つけ出したというのに、パンではなくてパインだったのだ！　あの時の絶望は忘れられんぞ！』

リルンの嘆きに、フィーネが耐えられないというような笑いを溢す。

「ふふっ、ははは、あの時のリルンは面白かったよ。山の頂上で一週間しか採取できないパンってところで、何かおかしいんじゃないかとは思ったんだけどね」

『それでも一度パンと言われたら、自らの目で確かめてみなければならん』

「それで、そのパインは美味しかったのか？　確か果物だったよな」

「うん。美味し……くはなかったかな。パインの一種だったんだけど、食べるものじゃなくて、光り輝く皮が貴重だったみたい」

光り輝く果物の皮。俺にとっては美味しいパインよりも気になるな。リルンに嫌がられそうだけど、どこかで手に入れたい。

「そんな感じで寄り道もかなりするから、のんびりとした旅になると思うんだけど、それでもいいかな」

「ああ、もちろん。別に急ぐ用事はないしな。俺ものんびりと素材採取をして錬金もしたいから、ちょうどいい」

「良かった。じゃあエリク、これからよろしくね」

フィーネが笑みを浮かべて差し出してくれた手を、俺はしっかりと握り返した。

「こちらこそよろしくな」

これからの人生がとても楽しいものになりそうな予感に、俺は頬が緩むのを抑えられなかった。

# 第二章　依頼受注とスキルの検証

　昼食とそれぞれに関する話を終えた俺たちは、街の中に戻ってきた。まずはパーティー登録をしようと、今は冒険者ギルドに向かっているところだ。

「そういえば、フィーネは何ランクなんだ？」

「私は個人でDだよ。昇格試験が面倒であまり受けてなくて。でも高ランクの方が色々と融通が利いたりするから、そろそろ上げようかなと思ってるところ」

「じゃあ、直近の目標は冒険者ランクを上げることにするか」

「そうだね。まだこの街に来て数週間しか経ってないし、もうしばらくはここに滞在して、ランクを上げるのもいいかも。でも、どうせならパーティーランクを上げない？」

　個人のランクとは別にパーティーにもランクが付いていて、パーティー単位で昇格試験を受けるのだ。

　だからそっちなら、俺でもランクアップできる可能性がある。

「そうしてもらえるとありがたいな」

「うん。どうせこれからは個人で依頼を受けることなんてないんだし、その方がいいよね。パーティーでAランクを目指しちゃう？」

フィーネが冗談のように発したその言葉に、俺はさすがに無謀だと笑い飛ばしそうになって、しかし寸前で笑いを引っ込めた。

「……もしかして、本当にAランクも目指せたりする？」

神獣であるリルンとラトの力があれば、不可能じゃないのかもしれない。そう思って問いかけると、フィーネは顎に手を当てて少しだけ悩んでから頷いた。

「戦闘能力という点ではいけるかも。でも昇格試験って純粋な力だけじゃなくて、いろんな知識とかも問われるでしょ？　素材採取の試験もあるし……あっ、でもそれはエリクが詳しいか」

「ああ、素材に関しては普通の人より詳しいはず」

「……それなら、Aランクも夢じゃないのかも」

フィーネがポツリと呟いた言葉に信じられない気持ちになりながら、それを否定する材料を俺は持っていない。

今更だけど、本当に凄い仲間ができたな。

「目標は高く、Aランクを目指してみるか」

「そうだね」

フィーネが楽しそうな笑みを浮かべて頷いたところで、俺たちは冒険者ギルドに到着した。

ギルドはテイムされた魔物も一緒に入ることができるので、全員で中に入る。リルンは体が大きいので、ギルドが混んでいる時は外で待つこともあるらしい。

「エリクさん、ご無事で良かったです」

中に入って受付に向かうと、俺の冒険者登録をしてくれた女性が安心したような笑みを浮かべて声をかけてくれた。

心配してくれてたなんて、本当にいい人だな。

「ご心配をおかけしました」

「いいえ、受注された依頼は達成されましたか？」

「はい。ヒール草を十本です」

依頼票とともに変質後のヒール草をカウンターに載せると、女性は丁寧な手付きでそれを受け取った。

「ありがとうございます。……これはとても質のいいヒール草ですね。依頼は問題なく達成です」

そこまで確認をして顔を上げたところで、女性はフィーネが偶然居合わせた冒険者じゃなく、俺の連れだということに気付いたらしい。

居住まいを正してフィーネに視線を向けた。

「申し訳ございません。エリクさんのご友人でしょうか？　何かご用件がおありでしたら、お聞きしますが……」

「あっ、とりあえずは大丈夫です。でもこの後にパーティー登録をお願いしたいです」

「……エリクさんとでしょうか？」

「はい」

俺とパーティー登録をするというフィーネの言葉に、女性の表情はあからさまに明るくなった。

リルンとラトを見ればフィーネがテイマーだということは明白だし、特にリルンは外見からも強そうな魔物に見える。そんな魔物を従えているテイマーと仲間になれば、俺の安全が保障されると思ったのだろう。

「かしこまりました。ではさっそくパーティー登録の準備もいたします」

女性は俺の依頼票とヒール草を手にし、軽い足取りで後ろに下がっていった。

その様子を見て少し複雑な気分になるけど、俺が弱くてフィーネと仲間になることで安全を確保できるのは紛れもない事実なので、何も反論できることはない。

「知り合いなの？」

「今日の午前中に冒険者登録をしてくれた人なんだ。その時に弱そうな俺をかなり心配してくれてたから、フィーネと一緒で安心したんだと思う」

「ああ～………………」

フィーネは俺の頭から足先までを順に見つめて、納得するように何度か頷いた。

「確かにエリクは、お世辞にも強そうとは言えないかな」

「……自分でも分かってる」

「ふふっ、でも仕方ないよね。これから鍛えればいいよ。リルンに相手してもらう？」

『我が鍛えてやろうか？』

リルンはキラッと目を輝かせて楽しげな表情だ。相当扱《しご》かれそうだが……そのぐらいやらないと強くなれないよな。

「お手柔らかにお願いします」

俺がリルンにそう伝えて話が一段落したところで、女性が書類を手にして戻ってきた。

「お待たせいたしました。こちらにご記入をお願いいたします」

それからいくつかの手続きを済ませると、パーティー登録は無事に完了した。Fランクのパーティーカードを受け取ると、そこにはフィーネの名前も印字されている。

「なんか嬉しいね。一人は気楽で良かったけど、やっぱりちょっと寂しかったから」

「俺も嬉しいよ。ずっと一緒にいる人がいるって安心するんだな」

物心付いた頃から孤児院にいた俺は、友達や知り合いは多いが、ずっと一人だった。誰かと一緒に行動するなんて初めてだ。

俺とフィーネは顔を見合わせ、同時に笑い合う。まだ知り合って数時間なのに、なぜか波長が合うんだよな。

それから俺たちは採取した素材などを売却して、冒険者ギルドを後にした。

「この後はどうする？　エリクって今夜寝る場所も決まってないんだよね？」

「ああ、錬金工房で暮らしてたからな」

「じゃあ、私が泊まってる宿に行く？　お客さんは冒険者が中心だから、当日でも泊まれるはずだよ」

「本当か！　それは凄くありがたい」

「案内するね」

行き先を決めた俺たちは、足取り軽く賑やかな大通りを先に進んだ。


フィーネの定宿《じょうやど》はギルドから歩いて十分ほどの場所にあった。

冒険者向けに手広く商売をしているようで、一階には宿泊客じゃなくても利用できる食堂と、ちょっとした道具屋もあるみたいだ。

リルンは従魔用の小屋に向かい、俺とフィーネはラトを連れて中に入った。ラトぐらい小さい従魔は、部屋に入れてもいいらしい。

「すみませーん」

「はいはーい。ちょっと待ってくださいね」

カウンターから奥に向かって声をかけると、女性の声で返答があった。少し待っていると、エプロンを着けた年配の女性が姿を現す。

「あれ、フィーネちゃん。どうしたんだい？」

フィーネはすでに顔を覚えられているようで、女性は親しげにフィーネの名前を呼んだ。

「おばさん、忙しいところごめんね。私の仲間がこの宿にしばらく泊まりたいんだけど、部屋って空いてる？」

「エリクです」

女性の視線が俺に移ったので挨拶をすると、女性は宿帳をペラペラと捲《めく》ってから頷いた。

「一人部屋でいいんだよね？」

「はい」

「それなら、ちょうどフィーネちゃんの隣が今朝空いたんだ。そこでいいかい？」

「おっ、タイミングいいね。エリク、そこでいい？」

「もちろん」

俺が頷くと、女性は宿帳に俺の名前を書き込んだ。そして部屋の鍵や、宿の使い方が書かれた紙などを準備してくれる。

「エリクさんはテイマーじゃないのかい？　もし魔物がいるなら従魔用の小屋も貸し出せるけど。片手で抱き上げられるサイズの小型従魔以外は、小屋を使ってもらうようにしてるんだ」

「俺はテイマーじゃないので大丈夫です」

「了解だよ。じゃあ料金は……」

それから俺はとりあえず一週間分の宿代を支払い、部屋に案内してもらうことになった。食事は朝食と夕食付きで、一階にある食堂で日替わりのメニューを無料で食べられるらしい。

「ここの食堂のご飯は美味しいんだよ」

「それは楽しみだな」

「うちの人が料理人なんだ。毎日張り切って作ってるから楽しみにしておくれ。はい、着いたよ。ここがエリクさんの部屋だね」

部屋は三階で、階段を上ってすぐの場所に位置していた。一つの階に部屋が六つもあるので、かなり大きな宿屋みたいだ。

「使い方とか分からないことがあったら、気軽に声をかけてくれたらいいよ。今の時点で質問はあるかい？」

「いえ、大丈夫です」

「じゃあごゆっくり。夕食の時間までは……あと二時間ぐらいだよ」

女性は最後にそう言い残すと、忙しそうに階段を下りていった。それを見送ってから部屋の中を覗いてみると、部屋は予想以上に綺麗で広い。

「今まで暮らしてた部屋より断然いいよ」

「良かったね。数週間暮らしてるけど、かなり居心地いいよ」

『僕はそこのテーブルの上が定位置なんだ』

フィーネの肩の上にいるラトが、ベッド脇にある小さなテーブルを指差した。

「あのテーブルに、ラト用の小さなクッションを置いてるの。本当はリルンも一緒に部屋に入れたらいいんだけど、意外とそういう宿屋は少なくて」

「いくらテイムされてるって言っても、どこにでも入れるわけじゃないもんな」

「そうなの。ほとんどないけど、たまに入れないお店もあるよ。特に食堂とかかな」

「それは寂しいな」

でも入店を断りたい人の心境も分かるから、そこは受け入れるしかないんだろう。テイムされてるとは言っても、魔物は魔物だからな。

まあ、リルンとラトは神獣なんだけど。

「これから二時間はどうする？」

少しだけ暗い雰囲気になってしまったのを切り替えるように、フィーネが明るい声音でそう聞いた。俺はそれに乗って、努めて明るい声を出す。

「そうだな……さっきの道具屋を見てみたいかも。まだ足りないものがたくさんあるんだ」

「買い物だね。私も一緒に行っていい？」

「もちろん。できれば冒険者として必要なものを教えて欲しい」

「それなら任せて！」

フィーネはやる気十分な様子で拳を握りしめると、楽しそうに階段へと向かった。

宿の一階にある道具屋は予想以上に広かった。入り口は狭いけど、中は広い作りだ。

「エリクって、その鞄の中身しか持ってないんだよね？」

「そうなんだ。ほぼ何も持ってないに等しい状況だから、色々と買いたいものがある。錬金に使うすり鉢とか余計なものは入ってるんだけど……」

鞄の口を広げてみせると、フィーネはその中身に苦笑を浮かべてから、指折り必要なものを数えた。

「まず下着と着替えは絶対に必要だよね。布も何枚かは欲しいかな。あとは洗濯をした時に使うロープと、採取したものを入れる袋も多めにあった方が便利だよ。それから、食料を入れるための袋は他と分けた方が良くて、水袋も必要だよね。さらに武器と防具、街を移動する際のもっと大きい鞄も必要かな」

予想以上に必要なものが多いな。

「鞄って宿に置いて出かけられるのか？」

「うん。基本的には問題ないよ。私も一つ大きな鞄を持ってて、いつも宿に置いてるから。ただ貴重品は持ち歩くのが基本かな」

冒険者はそうやって荷物を管理してるんだな。

宿に置いておけるとなると、移動時に運ぶだけの鞄か……大きめのリュックとかがいいかな。いずれは錬金道具を揃えるとなると、腕だけで持つ鞄では重くなりすぎるだろう。

「まずは鞄から選ぶことにするよ。その大きさに合わせて他に買うものを決めていこうかな」

「了解！　私も使いやすそうな鞄を選ぶね」

それから俺は、初期投資ということで金額には目を瞑《つむ》り、必要なものを購入していった。これで武器以外の必要なものは全て揃い、問題なく冒険者としてやっていけそうだ。

しかしその代わりにお金は底をつきそうなので、すぐに稼ぐ必要がある。

「フィーネ、明日からはさっそく依頼を受けよう……」

「もちろん。昇格試験を受けるにも依頼達成の実績が必要だし、頑張って仕事をしようね」

「ああ、頑張るよ。剣と錬金道具を買いたいし、しばらくは金欠に喘《あえ》ぐことになりそうだから」

「ふふっ、それは頑張らないと」

そう言って笑うフィーネは楽しそうだ。

依頼で皆の足を引っ張らないように、剣が手に入るまでは基礎鍛錬かな。リルンが手伝ってくれるって話だし……倒れないように頑張ろう。

「そういえば、フィーネは何か武器を使うのか？」

「もちろん。私はナイフだよ。二本持ちで戦うの」

「え、カッコいいな」

予想外な戦い方だった。この容姿でカッコいい戦い方をされたら、男は例外なく目を奪われるんじゃないか……？

「そうかな？　ありがとう。今度見せるね」

微笑みながら拳を握りしめるフィーネには、結構な破壊力がある。

フィーネが今まで何事もなく冒険者を続けられてるのは、確実にリルンのおかげだろう。リルンがいることで抑止力になるし、万が一フィーネを力で従わせようとした人がいたとしても、リルンなら簡単に撃退できるんだろうから。

今度、リルンにパンでもあげるかな……

「楽しみにしてる。俺も採取用のナイフを持ってるし、ナイフの扱いはフィーネに教えてもらおうかな」

俺の武器はやっぱり剣にするつもりだが、ナイフも扱えたら便利だろう。

「もちろん教えるよ！」

そうして話をしながら、俺たちは一度部屋に戻って購入したものを片付けた。そしてちょうどいい時間となったので食堂に向かい、夕食を食べながら楽しい時間を過ごした。


次の日の朝。俺は日が昇ると同時に目が覚めて、朝からストレッチで体をほぐした。今日からはとにかく体が資本だから、壊さないように注意をしなければいけない。

「昨日はどうなることかと思ったが、人生って何が起きるか分からないな」

一日経って少し冷静になった俺は、改めて自分のスキルのことを考えた。

俺のスキルって、どのぐらい希少で凄いものなんだろうか。

とにかく珍しくて凄いってことは分かるが、具体的にこのスキルの真価が広まったらどうなるのか想像ができない。

まだスキルのことも、完全に分かったわけじゃないからな……

スキルの有用性がバレないようにするには、相応の注意を払う必要がある。それを払ってまで、隠す必要があるスキルなのかってところが問題だ。

フィーネと出会わなければ、俺一人で変質させた素材を売って稼ぐしかなかったから、スキルを隠すなんて不可能だった。でもフィーネたちとパーティーを組んだ今、他にも稼ぐ方法はあるし、そもそも変質させた素材を売っても採取したことを疑われない。

昨日だって森の中にある素材をたくさん売却したけど、隣にフィーネたちがいたことで、なんの疑問も抱かれなかったのだ。フィーネはテイマーでリルンは見るからに強いから、森の奥の素材だって普通に採取してきたんだなと思ってもらえる。

そうなると、スキルを隠すという選択肢も増えるのだ。

他の人がいる場所でスキルが発動しないように細心の注意を払い、さらに変質後の素材が近場で採取可能かを毎回確認すれば。

「そこまでする必要があるのかどうか……」

でも絶対に、スキルが公《おおやけ》になったら面倒なことに巻き込まれるよな。特に錬金を生業《なりわい》にしてる人たちにとって、喉から手が出るほど欲しいスキルだろう。錬金をする本人がこのスキルを得ると面倒の方が多いが、このスキルを持つ者を側に置けるのなら、これ以上に楽しいことはない。

レア素材を使い放題の錬金なんて、夢だからな……

そんなことを考えながらストレッチを終えて、朝食の時間になったところで食堂に向かった。

「エリク、おはよう」

食堂に入るとすでにフィーネが席に着いていて、爽やかな笑みを浮かべて手を振ってくれる。テーブルの上にはちょこんと座ったラトがいて、ファムの実を美味しそうに食べていた。

「おはよう。待ったか？」

「ううん、先にリルンにご飯を運んで、ちょうど戻ってきたところだよ。今日の朝ご飯はシチューで美味しそうだった」

「おおっ、楽しみだな」

従魔の食事は自分で用意するのが基本なんだが、追加料金を支払うと食堂で作ってもらえるのだそうだ。フィーネは朝ご飯だけ頼んでると言っていた。

「私たちも食べようか」

「そうだな」

店員に宿泊してることを示すために部屋の鍵を見せると、一人分の食事を受け取れる。シチューからは湯気が立っていて、食欲を刺激されるいい香りが鼻腔に届いた。

隣に置かれているバゲットも、焼き立てみたいだ。

「おおっ、美味いな」

この食堂は味がいい。パンをシチューにつけると、絶妙な美味しさだ。

「美味しいね。これはリルンも喜んでるかな」

「確かにそうだな」

パン好きのリルンにとって、かなり嬉しい朝食だろう。

「ラトも少し食べるか？」

ファムの実に夢中なラトに問いかけると、頬を膨らませてもぐもぐしているラトは首を横に振った。

『ううん、僕はファムの実でいい！』

「多分ラトはしばらく、ファムの実しか食べないと思う。基本的に木の実以外は食べないんだよね」

「そうなのか」

熱々のシチューと焼き立てパンの方が美味しいって思うが、ラトにとっては違うんだろうな。

それからも雑談をしながら食事を進めていると、ふとさっきまで考えていたことを思い出した。

「そういえば、さっきスキルについて考えてたんだが……」

周囲にスキルの内容がバレないようにするべきかどうか。そんな質問に、フィーネは真剣な表情で口を開く。

「私は、エリクのスキルを欲しがる人はたくさんいると思う。だから面倒ごとを避けたいなら、隠す方がいいかもね」

「そうか……うん、やっぱりそうだよな」

とりあえず、隠すのが無難か。少しの注意で快適な生活を送れるのだから。

「じゃあ、人前では発動しないよう気を付けることにしよう。特に注意すべきなのは街の外にいる時だな」

「そうだね。できる限り他の冒険者がいない場所で活動しようか。それから希少素材を手に入れても不思議に思われないためにも、高ランクを目指そう」

「確かにそうだな。頑張るか」

そんな結論に達して朝食を食べ終えた俺たちは、さっそく宿を出てギルドに向かうことにした。

リルンと合流してギルドに入ると、かなりの数の冒険者がひしめき合っている。

「……こんなに混んでるのが普通なのか？」

「うん。いつもこんな感じかな」

「凄いな……それって帰りも？」

「そうだね、夕方も同じぐらい混んでることが多いよ。皆が荷物を持ってるから、もっと混み合ってるように感じるかも」

それは俺にとって、かなり危険だな。採取前の素材に触れるといい方向に変質することが分かったとはいえ、採取後の素材を劣化させてしまうのは変わらないのだ。

混み合ってる時間のギルドでは細心の注意を払おう。両手で変質後の素材をいつも持ってるように

するべきかもしれないな。

そんなことを考えつつギルド内を進み、依頼票が貼られている掲示板の前にやってきた。

「どれにしようか。パーティーとしてはFランクだから、受けられるのはEランクまでだね」

パーティーランクは、メンバーの個人ランクからギルド側が決めるものだ。

明確な基準はないが、高ランクメンバーが多ければ比較的高いランクではない場合、一番下からとなる。

うに一人がFランクでもう一人もそこまで高いランクではない場合、一番下からとなる。

「あっ、この辺とかどう?」

フィーネが手にしたのは、Eランクに割り振られた依頼の一つだった。依頼内容にはレッドス

ネークの皮の納品、三枚と書かれている。

「俺は魔物討伐に関して何も分からないから任せるよ。フィーネの方がリルンたちの実力を分かっ

てるだろうし」

「分かった。じゃあ……あとはこれと、これもいけるかな」

最終的にフィーネが手にしたのは、三枚の依頼票だ。どれも魔物の討伐で、種類は全く被ってい

ない。

「そんなに一度に受けられるなんて凄いな」

67　外れスキル持ちの天才錬金術師

「Eランクの依頼で全部弱い魔物だからね。近くの森にいるだろうし、三つぐらいは余裕だよ。エリクは何か受けたい依頼はある？」

「うーん、俺は微妙なんだよな」

素材変質でいい素材が手に入るとは言っても、どの素材に変質するのかまだ全然把握できていない。

「とりあえず、ヒール草の採取依頼だけは受けておきたいかな」

ヒール草ならあのどこにでもある雑草を変質させれば手に入るし、確実に達成できるだろう。

「じゃあ、この四つだね」

四枚の依頼票を手にした俺たちは、依頼の受注受付を済ませてギルドを後にした。


昼食用のパンを買ってから街の外に来た俺たちは、さっそく魔物を見つけるために森の中に入った。ヒール草は森までの道中で確保したから、一つ目の依頼はすでに達成だ。

『エリク、これからはいろんなものを変質させてみようね！』

『果物は絶対だぞ』

ラトとリルンは俺のスキルで美味しいものが手に入ることを期待しているらしく、さっきから楽しそうにしている。

「了解。なんでも触ってみるよ」

『じゃあさっそく、そこの木はどう？』

「木か……」

そういえば、木に生っている実とかじゃなく、木そのものに触れたらどうなるんだろうか。まだ試したことがなかった。木が丸ごと別のものに変質するのなら、森の中で何にも触れなくなってしまうから、できれば変質して欲しくない。

ただ俺の脳内には、工房時代にスキルの効果を調べるために触れた、伐採後の大木が変質していった時の光景が蘇っていた。大木がみるみるうちに腐っていったあの絶望感は、いまだにちょっとしたトラウマなのだ。

「……幹に触れてみる」

少し緊張しながら皆にそう伝え、ラトが選んだ木に恐る恐る手を伸ばした。そっと触れて数秒で手を離したが、木には特に変化がない。

「おお……もしかして変化しない、のか？」

一瞬のうちに変質が始まるという最悪の予想が外れ、俺は少し息を吐き出した。

「とりあえず、これはいい結果なのかな。でも基準が分からないね」

木を眺めながら首を傾げたフィーネに、頷いて同意する。

「そうだな。基準は……大きさとか、触れてる時間か？」

なんとなく感覚的に、悪い方向への変質は一瞬の接触で発生し、いい方向への変質は少し時間がかかる気がするのだ。

スキルを得てから今までに触れたことがある一番大きな素材は、あの大木だった。ただあれは幹だけだったから、この木には根も枝も葉もあるとなると、もっと大きいことになる。

そう考えると、この木が一番変質に時間がかかってもおかしくないのだ。

「確かにそれはあるかもね。大きなものは時間がかかるのかな。時間を計ってみようか」

今度はフィーネが時計を取り出してから、俺はさっきとは別の木に手を伸ばした。同じ木だと、さっき触れた影響が残っているかもしれないと考えたからだ。

木の幹に触れてから少し待つと、いつもの見慣れた光が全体に広がっていった。

「あっ、変質が始まったね。二十秒ぐらいかな」

「結構余裕があって嬉しいな」

二十秒もあれば、間違って触れてしまい変質……なんて可能性は、かなり低いだろう。一本の木が丸々別の種類に変わってしまうのは目立つだろうし、誰かに見られる可能性も高まるし、そこまで気を遣わなくても避けられそうで嬉しい。

「変質するのにも時間がかかるね」

「確かにそうだな。そこも大きさによって変わるのか」

それから少し待っていると変質の光が消え、葉の形と幹の色が少し変化した木が現れた。

「これって何の木かな」

「何だろうな……そもそも俺は、最初の木が何かも分かってない」

正直にそう告げると、フィーネは楽しそうに笑みを溢す。

「ふふっ、私も同じ。植物って種類がありすぎて覚えきれないよね。特に木なんて、木の実が生るものしか分からないよ」

「分かる。俺は錬金素材となるものに偏《かたよ》ってるな」

ただ、そんな俺たちが知らないということは、少なくともこの変質後の木は、そこまで有用なものではないということだろう。食べることもなく錬金素材としても使われないなら、この木を見て種類がすぐ分かる人は相当に少ないはずだ。

それなら……

「この木は放置でいいか」

そもそも周りの木とあまり見分けがつかないし、よほどの専門家でなければ違和感を覚えないだろう。

「そうだね。私もこの木は放置しても問題ないと思う。変質って、品質が向上する限度があるのかな。今までヒール草に変質する雑草が、ヒール草の上位種であるヒーリング草になることはなかったよね？」

フィーネの言葉に思わぬ視点を得て、つい目を見開いてしまった。

「確かに、一度もないな」

昨日からヒール草への変質は何度も繰り返してるが、一度もない。あれだけの回数で一度もないというのは、それは起こり得ないと考えても問題ないだろう。

「……ヒール草を触って試してみるか」

その提案にフィーネはハッとした表情を浮かべて、地面に視線を落とした。それから数分でヒール草を発見することができ、それに触れると――

ヒール草は、ヒーリング草に変化した。

「やっぱりか」

「いい素材を手に入れるためには、それより一段階劣るぐらいの素材を見つけないといけないのかもしれないね」

「そうみたいだな。ただその方が、すぐに何でも手に入るよりは楽しそうだ」

「ふふっ、確かにそうだね」

『あのさあのさ、ファムの実をエリクが触ったらどうなるのかな！　ファムの実の上位種になるんだよね？』

俺たちの会話を聞いていたラトが、目を輝かせてそんな疑問を口にする。

「ファムの実の上位種なんてあるのか？」

『僕は知らないけど、もしかしたら僕も知らない何かになるかも！』

「……確かにちょっと気になるな」

上位種がなければ変質することはないのか、それとも劣化するのか、似たような希少性のものに変化するのか、はたまた何か凄いものになるのか、試してみたい。

「すぐにとはいかないが、ファムの実も探しに行くか」

『うん！』

『おい、魔物の匂いがするぞ』

ラトと話をしていたら、リルンが森の奥に視線を向けながら告げた。リルンはかなり鼻が利くらしく、人では絶対に気付けない距離からでも魔物の存在に気付けるらしい。

しかも匂いで魔物の種類まで判別できるそうだ。

「どのぐらいの距離？」

『人の足で歩いて数分だな』

「結構近いね。依頼の魔物かな」

『ああ、この匂いはアースボアだろう』

「じゃあ、皆で行こうか」

フィーネの言葉に頷いたリルンは、森の奥に向けてゆったりと歩き出した。その後ろをフィーネとその肩に乗ったラトがついていったので、俺はその後ろに続く。

「アースボアって、そこまで強くはない魔物だったか？」

「そうだね……駆け出しの冒険者にとっては強いけど、リルンにとっては瞬殺できる相手だよ。エリクは魔物に関しての知識は少ないんだっけ」

「いや、そういうわけじゃないんだが……知識が偏ってるんだ」

俺の魔物に関する知識は、素材の有用性や希少性などに偏っていて、魔物の強さに関するところはかなり曖昧だ。俺にとっては魔物ってどんなに弱いやつでも脅威だしな。

「じゃあ、冒険者に必要な魔物の知識を教えるね」

「ありがとう。俺も自分でも勉強する」

「それなら冒険者ギルドにある本を読むといいよ。冒険者なら誰でも自由に読めるから」

「それはありがたいな」

そこまで話をしたところで、先頭を歩くリルンがピタッと足を止めた。リルンの視線の先を見てみると……こちらを警戒するように構えているアースボアがいる。

アースボアって想像より大きいな。ちょうど俺の身長と同じ程度に見える、猪型の魔物だ。確か攻撃はその巨体による突進と、石礫《いしつぶて》を作り出し飛ばしてくる二パターンだったはずだ。

『倒してくる』

リルンは何の気負いもなくそう告げると、駆けることもなくゆっくりとアースボアに近づいていった。

アースボアはそんなリルンに少し戸惑ったようだが、すぐ攻撃態勢に入って地面を思いっきり蹴り——突進を開始したところで、地面に倒れ込んだ。

「……え？」

地面に倒れたアースボアは首元から血を流していて、痙攣《けいれん》するように何度か震えてから、完全に動きを止めた。

これって……リルンが倒したってことか？　全く何が起きたのか分からなかった。アースボアが突進してくると思ったら、次の瞬間には倒れていた。

「リ、リルン、どうやって倒したんだ？」

『どうもこうも、首元を切り裂いてやっただけだ』

「それにしても早すぎるだろ！」

『動きは遅いし的はデカいし皮膚は柔《やわ》いし、こんな魔物を倒すのに時間をかける方が難しい』

リルンは少しだけ得意げな様子で顎をツンッと上げると、ゆらゆらと尻尾を動かしながらアースボアから離れていく。

「エリク、リルンは本当に強いから、あんまり深く考えない方がいいよ。基本的にはどんな魔物にもこんな感じで、たまに強い魔物には……ちょっと時間がかかるぐらいだから」

苦笑しながらさっそくナイフを取り出して解体を始めているフィーネを見て、俺は改めて凄い存在と知り合ったんだなと実感した。

「リルンに鍛錬してもらうの、早まったか？」

思わずそう呟くと、リルンが俺に近づいてきて楽しげな笑みを浮かべる。

『今更撤回は受け入れんぞ』

「うっ……わ、分かってる。強くなりたいから頑張るって。それから解体も覚えようかな。変質させた後の素材なら俺でも触れるから」

「解体なら私が教えるよ」

「本当か？　じゃあ、お願いしたい」

「もちろん。……よしっ、これでいいかな。アースボアの依頼は毛皮の納品だよね」

フィーネは剥がした毛皮をくるくると丸めて脇に抱え、魔石も取り出して鞄に仕舞った。残りの部分はこのまま放置しておけば魔物が食べて綺麗にしてくれるから、そのままでいいそうだ。

「素材を全部持たせてごめん」

女の子に重いものを持たせて自分は両手が空いている現状に、罪悪感が生まれる。やっぱりこのスキル、強いけど凄く不便だよな……

何かスキルが発動しない方法はないものか。もう何百回と考えたことがまた頭の中を駆け巡ったその時、ラトの口から衝撃的な言葉が発せられた。

『ねぇねぇ、リルン。スキルを一時的に封じる方法ってなかったっけ？』

『……あったような気がするな』

スキルを一時的に封じる……ふ、封じる⁉

「そんなことができるのか⁉」

俺はあまりの衝撃に、思わず叫んでしまった。

フィーネの肩にいたラトの顔を覗き込む。するとラトは少しだけ驚きながらも、曖昧に頷いてくれた。

『確証はないんだけど、何かの鉱石とか植物とか、いろんな希少素材を使って錬金するんだったはずだよ』

『確か……スキル封じの石、とかいう名前のやつができるはずだ。それを身に付けている間はスキルが封印される』

「それ！　作り方と材料を教えて欲しい!!」

嬉しすぎる情報に舞い上がって前のめりで情報を求めると、ラトとリルンは二人とも微妙な表情で首を傾げた。

『僕は材料までは知らないんだよね……』

『我も知らん。確か星屑石《ほしくずせき》が必要だった気がするが……それ以外は分からんな』

わ、分からないのか……期待しただけに落胆が大きくて、俺は思わずその場にしゃがみ込んだ。

『ごめんね？　ちゃんとした情報じゃなくて』

「……いや、そういうのがあるって教えてもらえただけでもありがたいよ。星屑石って一つだけでも素材が分かったんだし」

気遣わしげな様子で俺の顔を覗き込んできたラトにそう伝えると、ラトはいつも通りの笑みを浮かべた。

『分からないなら、知ってる存在に聞けばいいもんね。誰がいいかな？　リルンは知ってる？』

『スキル封じの石について知ってるやつか？　我は他の神獣についてあまり詳しくないんだが……そうだな、デュラスロールはどうだ？』

『デュラ爺！　確かに物知りだよね！』

デュラスロールって、何かの本で名前を聞いたことがある気がする。確か神話の絵本だったような……そんな本に載ってるような存在が、当たり前のように会話に出てくることが凄すぎる。

『ただ我はデュラスロールの好物を知らない』

『うーん、僕も知らないかなぁ。あっ、でも新しい情報は大好物だって話は聞いたことあるよ。何度か会ったことがあるんだ！』

『情報か、難しいな。物でなければ召喚陣に乗せられない』

『そうだよね……じゃあ、直接会いに行く？　多分デュラ爺なら神木のところにいると思うよ』

『それもそうだな』

何だかよく分からないうちに、デュラスロールという名前の神獣に会いに行くことが決まりそうだ。

「ラト、リルン、その神木ってどこにあるの？」

フィーネが尤《もっと》もな疑問を口にすると、ラトが少しだけ悩んでから小さな手で森の奥を指差した。

『方向はあっちかな。でもかなり遠いかも。一応この大陸だけど、山を何個も越えた先だと思う。僕の瞬間移動の印があれば良かったんだけど、神木のところにはなくて……』

シュンッと落ち込んでしまったラトに、俺は声をかける。

「情報を知ってる存在の居場所が分かっただけ、ありがたいよ。それに遠くても、時間をかければ辿り着けるからな」

その言葉にラトが明るい表情を取り戻していると、リルンが口を開いた。

『しかし、神木があるのはかなり険しい山の頂上だ。フィーネはともかく、エリクは今の状態じゃ登れんだろうな』

「そっか……エリクどうする？」

問いかけてくれたフィーネに、俺は少しだけ考え込んでから口を開く。

「とりあえず、その神木がある方面には向かいたいな。ただ急いで向かうってわけじゃなく、鍛錬しながら少しずつ近づいて、近くまで行ったら寄ってみたい」

冒険者としての生活を楽しむためにも、ちゃんと鍛錬するためにも、それぐらいがちょうどいいだろう。

今すぐ出発してその山に向かいたい気持ちはもちろんあるが、こういうのは焦っても仕方がないのだ。別に命がかかってるわけでもないのだから、しばらく不便に耐えるぐらいは問題ない。

そんな俺の意思を聞き、フィーネは笑みを浮かべてくれた。

「分かった。じゃあ予定通りこの街でパーティーランクの昇格を目指して、次に向かう場所は神木がある方面にしようか」

「ああ、ありがとう。そうしてくれると嬉しい」

そこで話は一段落し、俺たちは次の魔物を見つけるために森の中を移動することになった。

森の中を移動しながら素材があったら触れて、素材変質のデータを集めつつ、変質後のいい素材を採取していく。たくさんの品質のいい素材が鞄の中に貯まっていくのは、控えめに言って凄く楽しい仕事だ。

「これを売ればかなりの金になるな」

鞄を覗き込んで思わずそう呟くと、フィーネも同じように鞄を覗き込んでから頷いた。

「凄い量だもんね……でも、さすがにこの辺でやめておいた方がいいと思う。量が多すぎても不審がられるだろうから」

「確かにそうか。じゃあ、今日はこれで最後にする」

鞄の重みが増すたびに俺も皆の役に立てている気がして、ついつい採りすぎてしまった。

いくつかは取っておいて錬金用に残すかな。しっかりと処理すれば素材は長持ちするし。

『フィーネ、スモールディアを倒せたぞ。依頼の数よりも多いがどうする？　エリクが変質させるか？』

俺たちが採取した素材について話をしていたら、リルンが一匹のスモールディアを咥《くわ》えて戻ってきた。

リルンは俺たちの歩く速度に合わせるのが面倒になったらしく、さっきからどこかに走って消えては、倒した魔物を咥えて戻ってくるのだ。

最初はかなり驚いたが、さすがにもう慣れた。

「他にもいるの？」

『五匹の群れだった。ここからそう離れていないから、一緒に行くか？』

「そうだね。じゃあ案内してくれる？」

リルンの案内で数分歩くと、僅《わず》かな血の匂いが漂ってきて、積み重ねられたスモールディアが視界に入った。どれも首を綺麗に切られているようだ。

戦闘の形跡は全くないし、どれほどに一方的な討伐だったのかが分かる。

「依頼は角を二つだったよな？」

「そうだよ。だから三つは変質させても大丈夫」

「了解。じゃあ触れてみる」

初めて変質させる魔物に少しだけ緊張しつつそっと触れると、触れてから数秒後に変質が始まった。

「おおっ、ホワイトディアだね」

キラキラとした光が収まって現れたのは、スモールディアよりも一回り大きい真っ白な毛並みの魔物だ。これはいい魔物に変質したな。

ホワイトディアの毛皮はかなり綺麗で、とても重宝される素材なのだ。

そこまで希少な魔物ではないから高級素材とはいかないが、売れ残ることはないので買取価格は高くなる。

「俺が解体してみてもいいか？」

「もちろんいいよ。私と並行して一緒にやろうか」

それから四苦八苦しながらなんとか解体を済ませ、ホワイトディアの毛皮を三つ手に入れることができた。

これは俺が触れても大丈夫なので、三枚とも丸めて抱え持つ。

「そろそろ帰ろうか。依頼の素材は全部集まったから」

「そうだな。これ以上は持ち帰るのも大変だ」

戦闘は基本的にリルンが引き受けてくれるとはいえ、さすがに持ち運べる素材には限度がある。

『では戻るぞ』

俺たちはリルンを先頭に、街に向かった。そこまで街から遠い場所には来ていないので、森の中を数十分、さらに草原を十分ほど歩けば街に着く。

「昇格試験って、どのぐらいの依頼達成実績があればいいんだ？」

ふと、今回の依頼達成でどれほど昇格に近づくのか疑問に思ってそんな言葉を口にすると、フィーネが少し悩むような仕草を見せてから口を開いた。

「そこはギルドによって結構違ったりするんだけど、基本的には自分のランクと同じか、一つ上の依頼を十回ぐらい達成すればいいと思う。全部同じ依頼じゃなくていろんな依頼をね。あとは依頼達成の精度も重要かな。例えば全ての依頼達成が期日ギリギリだったり、納品した素材が辛うじて受け取れる品質とかだと、昇格試験を受けさせてもらえないかも」

「そんな感じなんだな。じゃあ俺たちは……数日で昇格試験を受けられそうだ」

依頼達成の期日や素材の品質に問題はないだろうから、あとは依頼達成の数だけだ。それも今日の感じだと、十回なんて一瞬で達成できそうだった。

「そうだね。Eランクの依頼までしか受けられないのは不便だし、早めに昇格試験を受けようか」

そんな話をしながら歩いていると、すぐに街の外門が見えてきた。冒険者ギルドカードを提示して、簡単な検査を受けて街中に入る。

街に入ってからは寄り道せずギルドに向かい、依頼達成報告をして素材を売ったら、今日の仕事は終了だ。

「予想以上に素材が高く売れたな」

「品薄の素材があったみたいだね。この調子なら剣や錬金道具もすぐに買えるかな」

「そうだな。まずは剣を買おうと思う。リルンに頼りっぱなしは良くないし、自衛の手段が全くないのも怖いから」

万が一フィーネたちと逸《はぐ》れた時に、自分で自分の身を守れるぐらいの実力は身に付けたい。魔物を倒せなくても、せめて攻撃を受け流して逃げられるぐらいには。

『エリク、鍛錬はいつから始めるのだ？』

「そうだな……今日から、やろうかな。でも初日だから少しだけで」

本当は疲れてるし休みたかったが、疲れを言い訳にしてたらいつまでも鍛錬をやらずに月日が経ちそうだったので、なんとか自分を鼓舞して口にする。

『分かった。では近くの公園に行くぞ』

それから俺は今できる精一杯で鍛錬をこなし、疲労から体の動きが鈍り始めるまで体作りを頑張った。

かなり疲れたが……体を動かす気持ち良さを感じ、清々しい気分で宿に戻った。

# 第三章　錬金

フィーネとパーティーを組んで一週間が経過した。この一週間で俺たちは毎日たくさんの依頼をこなし、俺は鍛錬も頑張っている。

そのおかげで確かに体力は付いてきているし、お金も貯まった。買いたいと思っていた剣は真っ先に購入し、つい先日には錬金道具も最低限必要なものは買い揃えられたところだ。

そんな俺たちは、明日の朝から昇格試験を受けることが決まり、前日である今日は、体を休めるための休息日とすることになった。

休息日に俺が何をするかというと……もちろん錬金だ。フィーネも錬金を見てみたいということで、俺の部屋にラトを連れてやってきた。

「錬金って初めて見るから凄く楽しみ」

ニコニコと笑みを浮かべながら前のめりなフィーネに、少しだけ緊張感が増した。

誰かに見られながら錬金するってことは意外となかったし、かなり期待されてるみたいだから、失敗しないか心配だ。

「身近に錬金工房で働いてる人がいない限り、目にする機会はないからな」

錬金というのは、結構な特殊技術だ。道具や知識が色々と必要で、趣味でやってる人はかなり少ない。

『僕も楽しみ〜！』

「ラト、暴れちゃダメだよ」

フィーネは肩の上に乗っているラトを両手で優しく抱くと、ベッドに腰かけた。この部屋は一人部屋なので、テーブルに備え付けられた椅子は一つしかないのだ。

「エリク、頑張ってね」

期待がこもった眼差しを真っ直ぐに向けられ、俺は少しぎこちなく頷いた。

買ったきりでまだ一度も使っていない錬金道具を取り出して、テーブルの上に必要なものを並べて準備していく。久しぶりの錬金だからか、準備を始めたら緊張よりも楽しさが勝った。

やっぱり俺は、錬金が好きなんだな。

その事実を再認識し、なんだか嬉しくなる。

使う予定の素材なども全て並べてから、姿勢良く椅子に腰かけた。

「じゃあ、始めるな。錬金はまず、魔石を水に溶かしていくんだ」

フィーネとラトに説明しつつ、錬金を進めていく。

「魔石が水に溶けるの？」

「ああ、しっかり手順を踏んで失敗しなければ溶ける。魔石の種類はなんでもいいけど、大きくて色が濃い魔石の方ができ上がったものの品質が良くなりやすいな。今回は俺が変質させたホワイトディアから取れた魔石を使う」

俺はフィーネとラトに魔石を見せてから、ユスラウという葉でしっかりと魔石を包み込んだ。包んだ上から紐で縛って、準備しておいた蒸し器に入れる。

「これで十分ほど蒸すんだ。その間に錬金釜を準備しておく」

錬金釜は鍋でも代用可能だが、錬金がしやすいようにと考えて作られた釜の方が圧倒的に使いやすいので、今回は奮発して購入した。

釜に準備しておいた濾過《ろか》済《ず》みの水を注ぎ、蒸し器の隣で火にかける。

「この簡易コンロ、火の調節が細かくできるんだね」

フィーネが簡易コンロに付けられたつまみをじっと見つめて、楽しそうな表情を浮かべた。

「もしかして、錬金用の簡易コンロなの？」

「ああ、基本的には錬金用だな。ただ料理人にも好評らしい」

「確かにこれなら、お肉とかも美味しく焼けそうだね。これって魔石はどのぐらい消費する？」

「そうだな……小さな石でも数十時間はいけると思う」

コンロは魔道具の中でも、比較的魔石の持ちがいい方だ。特に錬金では火力を弱くして使うことが多いので、魔石の減りは少なくなる。

「え、そんなに持つんだ！　それなら街の外でお昼ご飯を食べる時に使ってもいいかもね」

楽しげなフィーネの声に、俺の心も浮き立った。

「それありだな。パンを焼き直したら美味しそうだし、たまにはラトの木の実も煎《い》ったら美味しくなりそうだ」

俺の言葉を聞いて、ラトが大きく反応した。

『やってみたい……！』

尻尾がピンッと立って、ラトの興奮が一目で分かる。そんなラトに俺とフィーネは顔を見合わせて笑った。

「ふふっ、今度やってみようか」

「そうしよう。昇格試験の後だな」

そんな話をしていると錬金釜の中から湯気が立ってきたので、俺は火力をさらに弱めた。錬金釜の中のお湯は、人が触っても辛うじて火傷《やけど》しない程度の温度に抑えないといけないのだ。

「もう少し蒸すのを待つ間に、リール草を刻んでいくな。これはあとで魔石と混ぜるんだ」

しっかりと乾かしたことでパリパリとした質感になっているリール草を、とにかく細かくなるようにナイフで刻んでいく。ちなみに今日使う素材は、もちろん全て変質済みのものだ。

「乾燥してないといけないの？」

「いや、採取してすぐのやつでも問題はない。ただとにかく細かくすることが大切だから、乾燥させてないと難しいな」

細かく刻んだリール草を分厚い布の上に載せ、そろそろかなと思って蒸し器の中を覗いた。すると鮮やかな青色だったユスラウの葉が、真っ白になっている。

これが、蒸し終わりの合図だ。

「見てみるか？」

フィーネとラトに声をかけると、フィーネはすぐに立ち上がって蒸し器の中を覗き込む。そして感嘆の声を上げた。

「うわぁ～、凄いね。こんなに綺麗な白になるんだ」

『これさっきの青い葉っぱ？　全然違うね！』

「錬金って面白いね……！」

二人は錬金を楽しんでくれているようで、俺は少し安心した。

「そう思ってもらえて良かった。じゃあ次はこれを蒸し器から取り出して、ユスラウの葉から魔石を取り出していくな」

この工程は熱すぎて直接触れないので、火バサミやトング、ピンセットなどを使って上手く魔石を取り出していく。取り出した魔石は、刻んだリール草を置いた布の上だ。

熱いうちに次の工程を済ませないといけないので、急いで準備を進める。

「次は布の中で魔石を叩き割るんだ。こうして布で包んで、ハンマーで叩く」

熱された魔石はかなり脆《もろ》くなっているので、そこまでの力は必要ない。カシャン、カシャンと魔石が砕けていく音と感触が、結構好きな工程だ。

「そんなに簡単に割れるんだ」

「ああ、魔石に染み込んだユスラウの葉の成分と熱で、綺麗に割れるらしい」

「リール草はなんのために入れてるの？」

「俺も詳しい原理は知らないんだが、ここでリール草がないと全てが均等に綺麗に割れないんだ。リール草が入ることで、魔石が細かい砂のようになる。リール草が持つ吸着性によるものだって話は聞いたことがあるが……俺にはこれ以上の説明はできないな」

錬金は手順が多く覚えることが山のようにあって、原理まで突き詰める時間はあまりなかった。これからは時間があるので、原理を学ぶのもいいかもしれないな……

ただ俺は、原理よりもたくさんのレシピを覚える方が好きだったりする。それから新しいレシピを作り出すのも。

フィーネに説明しつつ魔石を叩き割ること数分。だんだんと手応えがなくなってきて、魔石を砕く工程も無事に成功した。

「このぐらいでいいと思う」

「うわぁ、綺麗だね」

布を開くと、そこにはキラキラと光り輝く細かい魔石の粒がある。俺はそれを見て、久しぶりの光景に頬を緩めた。

「次はこれを錬金釜に入れるんだ。そしてゆっくりとかき混ぜていくと、そのうち水に溶けて魔力水ができ上がる」

錬金釜の温度を確かめるために金属の棒を入れて、どれほど熱されているかを確認してから、問題ないと判断したところでサラサラの魔石粒を釜の中に一気に入れた。

金属棒でゆっくりと同じ速度でかき混ぜていくと、だんだんと魔石が溶けていくのが目で見て分かる。

『すっごく綺麗だね……！』

フィーネだけでなく、ラトも錬金に夢中だ。魔石が溶けた水は鮮やかな青に変わるので、初めて見る人は誰もが魅了される。

「この青は綺麗だよな」

「透き通ってて、本当に綺麗……」

「よしっ、これで魔力水は完成だ」

温度が上がりすぎないように一度火を止めて、金属の棒をテーブルに置いた。

「錬金ってここからが本番なんだよね？」

「そうだな。ここまでは準備段階みたいなものだ」

「思ってたよりも手間がかかるんだね。私のイメージでは、いろんな素材を魔石と一緒に煮込めばできるのかと思ってた」

フィーネのその言葉に、思わず苦笑を浮かべてしまう。

俺が錬金工房に雇われる前、それと全く同じイメージを錬金に対して抱いていたのだ。

「ほとんどの人はそう思ってると思う。でも意外と大変で奥が深いんだ。……じゃあ続きだが、今日は回復薬を作ろうと思ってる」

回復薬とは薬草などを錬金せずに調薬して作る薬より、かなり効果が高いものだ。

効き目はいいのだが安いものではないので、薬屋で売っている調薬された薬で治らなかった場合に、最終手段として飲む薬という位置付けとなる。

「回復薬を自分で作れるなんて凄いね」

フィーネが目を見開いてそう言った。

「そこが錬金術師のいいところだな。回復薬に必要な素材はヒール草かヒーリング草、そして光草だ。今回はヒーリング草を使う。ここに他の素材を混ぜて特定の病気や怪我によく効く薬にすることもできるが、今回は一番基本的なやつだな」

ヒーリング草はできる限り新鮮なものを使った方がいいので、昨日採取したやつだ。

葉脈を丁寧に取り除き、順に錬金釜へと入れていく。量は葉を五枚ほどが基本だが……このヒーリング草はかなり状態がいいから、そういう場合は少し減らす。

素材は多すぎても少なすぎてもダメで、素材の状態や入れ方などによっても完成品の品質が変わってくるのだ。

素材を入れながらまた錬金釜を火にかけて、ゆっくりとかき混ぜていく。

「ヒーリング草はこのぐらいだな。光草は二株ぐらいがいいと思う。こっちは葉脈はそのままで、茎まで一緒に入れる」

この辺の分量は一応レシピがあるんだが、経験がものを言うのだ。なんでその量にしたのかと問われると、説明しづらいところがある。

「難しいね……」

「慣れるまでは何度も失敗するんだ。錬金に失敗すると水が真っ黒になるんだが、最初の頃は黒いものを見るたびにそれを思い出して落ち込んでたな」

黒水《こくすい》と呼ばれるその水は、植物の栄養促進剤になるから一応売れるが、あくまでも失敗作なのでそれを売るのも少し嫌だった。

「黒になるのはちょっと嫌だね。せっかく綺麗なのに」

「そうなんだ。自分のせいで綺麗なものを失わせたみたいな罪悪感があるんだよな」

「ここまで綺麗だと、そう思っちゃうよね……。でもちょっと、その水も見てみたいかも」

「多分、道具屋とかに売ってるんじゃないかな。今度見てみて」

「探してみるね」

そんな話をしながらも適切な分量の素材を全て錬金釜に入れた俺は、少し肩の力を抜いて錬金釜の中身をかき混ぜた。

ここまで来れば、もう失敗することはほとんどないのだ。

しばらく混ぜていると素材が溶けて、水の色が変わり始める。

「……あれ？」

変わり始めた色合いを見て、思わずそんな言葉を溢してしまった。

何かがおかしい。この工程で作った回復薬は薄い黄色になるはずなのに、なぜか緑っぽい色になっている。

「どうしたの？」

「なぜか、俺の知ってる回復薬とは違うものになったかも」

「……作り方は間違えてないんだよね？」

「ああ、いつも作ってたのとほぼ同じなはずだ」

違うとすれば……素材が俺のスキルによって変質したものだってことぐらいだ。もしかして、俺のスキルで手に入った素材は普通じゃないのだろうか。

完全に素材が溶けたところで火を止めて、錬金は終了だ。

「回復薬なら最後にこれをガラス瓶に入れて終わりなんだが……これって何ができたんだろう」

完成品の保存方法はものによって異なるため、この液体が何か分からなければ、適切な保存方法を選べないのだ。

液体だとガラス瓶に入れたり鉄製の瓶に入れたり、木製や石製の瓶もあるし、布に染み込ませた方がいい場合もある。完成品が固体の場合は、布で巻いたり土に埋めたり、保存方法は本当に豊富だ。

「エリクも知らないものなの？」

「いや、こんな感じの色の液体は何種類か知ってる。ただ、さっきの作り方で、できるものじゃないんだよな……」

「ラトは分かる？」

『うーん、僕も分からないよ。何か凄いものができたのかな？』

誰も完成品がなんなのか分からず、とりあえず品質が低下するのは許容するとして、ガラス瓶に入れておくことにした。

これが間違いだったら、その時はもう仕方がない。

「この後、鑑定してもらいに行ってもいいか？」

答えをすぐに知りたくて二人に問いかけると、二人ともすぐに頷いてくれた。

「もちろんいいよ」

『僕も！』

「ありがとな。じゃあ……冒険者ギルドの鑑定員に頼むか」

「そうだね。それが一番安いと思うよ」

鑑定員とは鑑定スキルを持っている人が就ける職業で、世の中にある全ての物の情報を可視化できるのだ。かなり有用なスキルで、鑑定スキルを得れば一生お金に困ることはないと言われている。

「さっそく行こうか。鑑定してもらった帰りに、どこかでお昼ご飯を食べようね」

そう言って楽しげな様子でラトを肩に戻したフィーネに続き、俺も軽くテーブルの上を片付けてから、出かける準備を済ませた。

何が完成したのか、鑑定してもらうのが不安でもあり楽しみでもある。


それからリルンも連れて宿を出た俺たちは、四人で冒険者ギルドにやってきた。

受付で鑑定して欲しいものがあると伝えると、ちょうど鑑定員の手が空いていたみたいで、すぐに鑑定部屋へと通される。

鑑定の結果は依頼人にしか知らされないことになっていて、鑑定員には鑑定で知り得た情報をどこにも漏らさないという守秘義務があるので、鑑定は個室で行われるのだ。

ただ鑑定員の身の安全のために、部屋には警備員の同席が認められている。

「失礼します」

受付の女性に案内されて室内に入ると、中にいたのはかなり若い女性だった。長い髪の毛をキッくまとめ上げている様子から、真面目そうな人だなという印象を受ける。

室内にいる警備員は二人で、それぞれ部屋の隅に控えている。

「こんにちは。そちらの席にどうぞ」

「ありがとうございます」

「鑑定希望の品があるということですが、鑑定にはこちらの料金がかかります。前払いですがよろしいですか？」

女性が提示した木の板には、一回の鑑定料が書かれていた。冒険者ギルドの鑑定は、いくつかまとめて鑑定してもらうと割引があるらしい。

錬金工房で働いてた時に二回だけ鑑定に立ち会ったことがあるが、その時の鑑定料よりも少しだけここの方が安い。やっぱり冒険者しか利用できないからなのだろう。

「大丈夫です。今回は一つだけなのですが、よろしくお願いします」

「かしこまりました。では鑑定希望の品を紙の上に載せてください。鑑定料はこちらのトレーにお願いいたします」

差し出された紙の上にさっき錬金した液体が入ったガラスの瓶を置き、トレーに金貨を一枚載せた。ここの一回の鑑定料は銀貨八枚。それだけあれば宿に何泊かできることを考えると、やっぱり鑑定は高い。

「銀貨二枚のお返しです。では鑑定をいたします」

女性は真剣な表情を浮かべ、紙の上に載せたガラス瓶に両手をかざした。

すると、ガラス瓶がぼんやりとした光に包まれていき、その光が下に置かれた紙に吸い込まれるように移動する。

光が全て吸い込まれたら、鑑定は終了だ。鑑定結果は紙に文字となって記される。

ちなみに記される文字は、鑑定員が扱える言語から自由に選べるらしい。そして鑑定員は、鑑定結果が脳内に浮かび上がるので、紙を見なくても結果を知っているのだそうだ。

「……鑑定は終了です。そちらの紙は持ち帰ってくださって構いません」

女性は少しだけ目を見開きながら、しかし鑑定結果は口に出さずに紙を示してくれた。

「分かりました。ありがとうございます」

ガラス瓶を鞄に入れて紙を手に取ると、そこには『強回復薬』と書かれていた。強回復薬って名前だけは聞いたことがあるな……かなり希少なものだった気がする。

説明によると素材の品質が最高のもので、さらには錬金も一切のミスなく完璧な配合で行われた場合、稀にできるものらしい。

鑑定部屋を出てからフィーネにそれを伝えると、フィーネは尊敬の眼差しを向けてくれた。

「エリクの錬金が完璧だったってことだよね？　エリクって凄いんだね！」

顔をずいっと近づけられ、上目遣いで視線を向けられると照れてしまう。

「えっと……そういう、ことかな」

「もうっ、もっと自信持たないと！」

そう言ってバンッと背中を叩かれた衝撃が、思っていたより何倍も強い。

「ごふっ……っ」

思わず変な声が口から漏れ、そんな俺にフィーネは首を竦《すく》めて少しだけ舌を出した。

「ごめん……ちょっと勢いが良すぎたね」

「いや、全く問題ない……」

もしかしたら、俺よりフィーネの方が力があるんじゃないか？　これは男として受け入れ難い事実だ。もっと鍛錬しないと。

そんなことを考えていたら、フィーネが錬金に話を戻した。

「それにしても、本当に凄いね。素材も変質したものは品質が最高になるってことでしょう？」

後半の言葉は少し声を小さくして告げたフィーネに、俺は頷く。

「そういうことだな。改めて凄いスキルだ」

「そしてエリクは、このスキルを有効活用できる人だね。エリクは与えられるべくして、このスキルを与えられたんじゃない？」

フィーネから言われたその言葉に、今までずっと俺の心を重くしていた暗い感情が、一気に明るく軽くなっていくのを感じた。

「――そうかもしれないな」

「絶対にそうだよ。だからたくさん素材を採取して、錬金もしないとね！」

「ああ、頑張るよ」

俺はもう一度、鑑定結果が浮かび上がっている紙に視線を向ける。

なんだか嬉しいな……今までの努力を、全て認めてもらったような気分だ。

効果の欄には普通の回復薬よりも酷い怪我、重い病気も治癒可能と書かれている。これは俺たちのために取っておこう。回復薬は適切に保存しておけば半年は持つはずだ。

「じゃあ、次はお昼ご飯を食べに行くか」

すぐにでも宿に戻って錬金をしたい気分だが、まずはご飯が先だ。

俺の言葉に、静かに鑑定を見守ってくれていたラトとリルンがほぼ同時に反応する。

『パンにしよう。さっきから美味そうなパンの匂いがしているぞ！』

『僕は木の実のケーキが食べたい！』

そんな二人の言葉に、フィーネが苦笑しつつ口を開いた。

「いつものカフェにしようか」

宿のすぐ近くにあるこぢんまりとしたカフェはフィーネたちの行きつけで、店主がお店で焼いている焼き立てパンがとても美味しく、さらには店主の奥さんが作る木の実のケーキが絶品なのだ。

二人の好物があるということで、俺もすでに何度も連れていかれている。

「エリク、いつもあそこでごめんね」

「気にしないで。俺もあのお店は好きだし美味しいから」

それから俺たちはリルンとラトに急《せ》かされながらカフェに向かい、四人で美味しい昼食を楽しんだ。

俺が頼んだ本日のおすすめパスタはキノコがたっぷりな塩味パスタで、最高に美味しかった。

# 第四章　昇格試験

久しぶりの錬金を堪能した次の日の朝。俺とフィーネは朝早くから準備を済ませ、ラトとリルンとともに冒険者ギルドにやってきた。

今日はついに昇格試験を受ける日だ。昇格試験はいくつかのパーティーと合同で行われるらしく、今回は俺たちの他に三つのパーティーが参加する。

「こんにちは～」

集合場所として指定されていたギルドの一室に入ると、すでに他のパーティーは揃っていた。

一組目のパーティーは俺たちよりも年下に見える少年が三人の、微笑ましい感じの駆け出しパーティーだ。二組目は俺たちと同じぐらいの年齢に見える、女性二人組のパーティー。そして三組目は、四十代前半ぐらいに見えるくたびれたおじさん二人のパーティーだ。

この歳でFランクってことは、今までは別の仕事をしていて、何かの事情で冒険者になったとかなのだろう。

錬金工房を追い出された時の記憶が蘇って、なんだか仲間意識が芽生えてしまう。

「全員集まってるか？」

俺たちが部屋に入ってすぐ後に、試験官らしき男性ギルド職員がやってきた。赤髪でガタイが良く、カラッとした笑みを浮かべている人だ。

「全部で四パーティーだって話だが……揃っているみたいだな。一応ギルドカードとパーティーカードを確認させてくれ」

それから全員の確認を済ませた男性は、仕切り直すように俺たちの前に立った。

「じゃあ、今から昇格試験を始める。俺はゲルトだ。今日の試験官をすることになった。一日よろしくな」

「「「よろしくお願いします！」」」

三人の少年たちが声を揃えて頭を下げると、ゲルトさんはニカッと笑みを浮かべて、楽しそうに口を開く。

「やる気があっていいな。さっそく試験の内容を説明するが、今回の試験はホーンラビットの討伐とその解体、さらにヒール草の採取だ。日が沈むまでに全てを達成して、外門の外に待機している俺のところまで持ってこい。それで試験は合格だ。試験中の怪我などは自己責任だが、助けを求めればその時には俺ができる範囲で助けてやる。ただその場合は不合格となるからな」

ゲルトさんはそこまで説明すると、俺たちの顔をぐるっと見回した。

「質問はあるか？」

「あの、ホーンラビットが見つからなかったらどうするんですか？」

口を開いたのは二人組パーティーのおじさんだ。確かにホーンラビットは多く生息しているとはいえ、いない時もある。

「いい質問だな。ホーンラビットがいない時は別の魔物でも構わない。この辺で一番弱いのがホーンラビットだから、とにかくこの辺の魔物を一匹でも倒して解体できれば合格だ」

「分かりました」

「他にはあるか？」

今度は誰も口を開かなかったので、俺たちはさっそく街の外に向かうため全員でギルドを後にした。

大通りを外門に向かっている途中で、ゲルトさんが「そういえば」と俺たちを振り返る。

「さっきは言い忘れたが、昼飯は各自で準備して欲しい。全員の試験が終わるまで、合格したやつらにも門のところで待っててもらうことになるから、昼前に帰れることはないはずだ」

「え、そうなんですか？」

思わずすぐに聞き返してしまうと、ゲルトさんは苦笑しつつ頷いた。

「ギルドでそういう決まりになってるんだ。面倒だと思うが従ってもらえるとありがたい」

決まりなのか……それなら仕方ないな。

俺たちは今日一日、ほぼ待ち時間だと思っておこう。

「分かりました。お昼ご飯を買ってきます」

「ああ、他の皆も持ってないやつは買ってきてくれ」

それから数分でそれぞれ昼食を購入し、俺たちはやっと街の外に出た。

ゲルトさんは外門のすぐ横の場所で椅子に座って待っているらしく、俺たちはここから自由行動だ。

「よしっ、頑張るぞ」

「おうっ、ホーンラビットだよな！」

「ヒール草も採取しないとだよ」

「分かってるって。まずはホーンラビットからだろ？」

三人の少年たちが気合十分で草原へと入っていき、それに他の二つのパーティーも続く中、俺たちは皆が向かう場所とは少し違う方向に行くことにした。

俺たちはリルンやラトと話をしていたり、俺のスキルが目立つものだったりするので、周囲に人がいない方がやりやすいのだ。

「ホーンラビットはどこにでもいるし、街から少し離れようか」

「そうだな。時間はかなり余りそうだし」

「待ってないといけないんだもんね。リルン、ホーンラビットがいたら教えてくれる？」

『分かった』

リルンを先頭にまずは街から離れるように街道を歩き出すと、後ろからゲルトさんに声をかけられた。

「お前たちはそっちでいいのか？」

「はい！　皆さんと同じ方向に行ったら、獲物を取り合うことになるかもしれないので」

振り返ってフィーネがそう答えると、ゲルトさんは納得したのか、軽く手を振って送り出してくれた。

「どうせなら最速での達成を目指すか？」

「確かにそれも面白いかもね。じゃあリルン、ホーンラビットを見つけに行ってくれる？　私たちはヒール草を採取しておくから」

『分かった。任せておけ』

楽しげな表情で草原を駆けていったリルンを見送り、俺たちも街道を少し進んだところで草原に入った。あとは俺の素材変質スキルでヒール草を作り出し、リルンが討伐してきてくれるホーンラビットを解体すれば試験は合格だ。

さっそくヒール草を作り出し採取をして、近くにあった岩に座って休憩していると、すぐにリルンが戻ってきた。口には首元を引き裂かれたホーンラビットが咥えられている。

『ラト、ちょうどこのホーンラビットを倒した場所にコルンの実があったぞ』

『え、本当⁉　フィーネ、エリク、採取に行こう！　ファムの実にして欲しい！』

ラトはフィーネの肩から岩の上にポンと飛び降りると、俺たちの顔を交互に見上げた。ふわふわで小さなラトに輝く目で見上げられると、すぐにでも頷きたくなってしまう。

しかし、フィーネはさすがに三年もずっと一緒にいるからか、その目には惑わされずに首を横に振った。

「今は試験中だから、またあとでね。待ち時間に採取に行ってもいいかゲルトさんに聞くから」

『……でも、今すぐ行かないとなくなっちゃうかも』

「そんなことはないって。それにファムの実はまだたくさんあるよ？」

『ファムの実はいくらあってもいいんだよ！』

今度はフィーネもラトの視線に負けたのか、苦笑を浮かべながら頷く。

「分かった。じゃあもしコルンの実がなくなってたら、今度コルンの実を探すための時間を作るから。今は合格しないとね」

『……分かった』

なんとかラトが納得してくれたところで、ホーンラビットの解体を手早く済ませた。

フィーネは毛皮と角、魔石を一つの袋にまとめて入れ、肉は大きな葉で包んでから別の袋に仕舞う。

「できたよ。一度ゲルトさんのところに戻ろうか」

「そうしよう。コルンの実を早く採取するためにも、急がないとな」

『うんっ、急ごうね！』

合格してからじゃないと採取に行けないと決まったからか、ラトは急に戻ることに積極的だ。フィーネの肩の上に瞬間移動をして、すぐに戻る準備を整える。

何度見てもこの瞬間移動は凄いよな……世界中のどこにでも、印さえあれば一瞬で行けるのだから。未だに信じられない。

それから十分ほどでゲルトさんのところに戻ると、ゲルトさんは門番の人たちと談笑していたようで、俺たちを見て不思議そうな表情で首を傾げた。

「忘れ物か？」

その問いかけに、まずはフィーネが答える。

「いえ、試験が終わったので戻ってきました。これがホーンラビットの肉、魔石、毛皮、角です」

「こっちがヒール草です」

俺も鞄から変質させたヒール草を取り出してゲルトさんに差し出すと、ゲルトさんは唖然《あぜん》とした表情でしばらく固まった。

少しして、小さめな声で問いかけられる。

「……もう、達成したのか？」

「はい。私たちにとっては簡単な内容だったので」

フィーネの言葉に、ゲルトさんは大きく息を吐き出した。

「はぁぁ……マジかよ。すげぇなお前ら。確かに低ランクの試験に紛れ込んだ実力の高いやつらはたまにいるんだが、お前らはそんなやつらの中でも群を抜いてるぞ」

ゲルトさんは苦笑しながらそう告げると、俺たちの手から素材を受け取る。袋から取り出し確認をして、何かの紙に結果を書き込んでいるようだ。

「品質も文句の付けようがない。昇格試験は合格だ」

「ありがとうございます」

「おい、門にある保冷庫を貸してくれるか？　この時間から置いといたら肉が腐っちまう」

まだ隣にいた門番の男性にゲルトさんが声をかけると、男性は快く肉が入った袋を受け取ってくれた。

「分かった。帰りには忘れず取りに寄ってくれよな」

「ああ、ありがとな」

男性が門に戻っていくのを見届けてから、ゲルトさんが俺たちに視線を戻す。

「こんなに早く合格者が出るとは思わなかった。ここから他の三パーティーが戻ってくるまで待機してもらうことになるんだが、すまねぇな」

「いえ、大丈夫です。ただずっとここにいるのは退屈なので、採取などをしてもいいですか？」

俺がそう聞くと、ゲルトさんは少しだけ悩んでから頷いた。

「そうだな……昼頃までに戻ってくればいいことにする。他のやつらが昼前に終わることはないだろうしな」

「ありがとうございます」

昼まではまだ二時間以上ある。これならファムの実を採取したり、ゆっくりと素材採取や魔物討伐をしたりする時間もありそうだ。

「じゃあ、さっそく行ってきます」

「ああ、気を付けろよ」

ゲルトさんの返事を聞き、フィーネの肩の上にいるラトは大喜びをしている。

『いいってよ！　早く行こうよ、ね！』

そんなラトにリルンは呆れた表情だ。

『ラト、そんなに慌てずともコルンの実はなくならん。案内してやるからもう少し待て』

『リルンありがと！』


そうしてリルンの先導でコルンの木に向かうと、ちょうど収穫時期を迎えている大きな実が、数えきれないほどたくさん生っていた。

その光景を見て、ラトの興奮は止《とど》まるところを知らない。

『これが全部ファムの実になるの!?　凄いね、凄いよね！』

「凄い数だね」

苦笑しつつフィーネが答え、ラトを手のひらの上に移動させた。興奮しすぎて前のめりになっていたからだろう。

「じゃあエリク、よろしくね」

「ああ、全部変質させていくな」

できるだけ木そのものの変質は避けようということで、実を一つ一つ変質させていく。次々とファムの実が増えていく光景に、ラトは目を限界まで見開いて感動していた。

『やっぱりエリクのスキルは凄いね……！』

そうして収穫を進めていると、周囲を警戒してくれていたリルンがポツリと告げる。

『そろそろコルンの実の時期も終わりだな』

まさに今が収穫時期のピークという感じで、数週間後には収穫されなかったほとんどの実が落ちてしまうだろう。

そんな現実に、ラトが一気にシュンッと落ち込んだ。

『コルンの実が採取できない時期なんて、いつまでも来なければいいのに……フィーネ、次はこれからコルンの実が大きくなる季節の地域に行かない？』

上目遣いのラトに、フィーネは苦笑しつつ答える。

「それはさすがに難しいかなぁ……それに、これからの季節も毎日食べられるぐらいのファムの実はもうあるよ？」

ファムの実やコルンの実は、殻を外さなければ常温で数ヶ月は保存できる優秀な木の実なのだ。

『そうだけど、それだと毎日一つか二つしか食べられないでしょ？』

「そこは仕方がないよ。我慢しないとね」

笑顔でラトの頭を優しく突いたフィーネに、ラトは拗《す》ねた表情で俺の肩の上に瞬間移動をする。

『エリク、フィーネが酷い』

そのラトが凄く可愛かったが、甘やかしすぎないようにと心を強く持って口を開いた。

「今回はフィーネが正しいからな……ファムの実は無理でも、コルンの実なら好きなだけ食べられるだろう？　それで我慢しよう」

コルンの実なら旬の時期ほどの数はないが、通年で売りに出されているのだ。それを思い出して伝えると、ラトは『う～ん』と微妙な声を出す。

『一度ファムの実がたくさんある幸せに慣れたら、もうコルンの実に戻れない』

「ふふっ、魔道具が開発された頃の人たちみたいなこと言ってる」

フィーネのその言葉に、俺も思わず笑ってしまった。

それからも拗ねて落ち込んでいるラトを微笑ましく思いながら採取を進め、全て採取し終わっても十分な時間が残っていたので、俺たちは別の場所に向かうことにした。

次はリルンの要望で魔物討伐だ。

『どんどん狩っていくぞ！』

楽しそうなリルンについていくのは無理なので、解体がしやすい場所を陣取って、リルンには好きなように魔物討伐をしてもらうことになった。

笑顔で討伐した魔物を咥えて戻ってくるリルンは、敵だったら腰を抜かすほどに恐怖を感じる絵面だが、本人はただ遊んでいるだけだ。

『またホーンラビットの群れに遭遇《そうぐう》した。あと五匹持ってくる』

三匹のホーンラビットを一気に咥えて持ってきたリルンは、楽しげに口角を上げている。

「凄い数だね」

『このぐらい当然だ』

ホーンラビットを取りに戻ったリルンを見送りながら、俺は素早く手を動かした。

最近は倒した魔物を変質させて、俺も解体をしている。依頼の魔物以外は基本的に魔石しか持ち帰らないからだ。そのおかげで解体技術はかなり向上し、もうどんな種類の魔物でも、フィーネの助けなしに解体ができるようになった。

『エリクのスキルは本当に凄いね〜』

フィーネの肩の上で寛ぎながら、ラトがしみじみとそう呟いたのが聞こえてくる。

「本当にありがたいよね。エリクのおかげで手に入る魔石の質が上がったから、前よりも収入が増えてるよ」

「役に立ててるなら良かった。ただ希少な魔物の素材を捨てるのは、まだ慣れないな」

たまに偶然遭遇したという体《てい》で冒険者ギルドに売りに出したりはしているが、それも不自然に思われないように、かなり頻度を抑えてのことだ。変質させた魔物素材のほとんどは、森に埋めたり崖下に落としたりして処分していた。

俺が持ち帰って錬金素材にすることもあるが、それもほんの少しだ。

「もったいないと思うよね。でもこの素材を全て市場に流したら大混乱になるし、エリクのスキルも注目されちゃうだろうから、仕方ないよ」

「そうだな……魔石を持ち帰れるだけ良かったと自分に言い聞かせておく」

「魔石はどんな魔物だろうと大きく変わらないからありがたいよね」

魔石は全てが青色をしていて、魔物によって変わるのは色の濃さと大きさだけなのだ。それも少し希少性が上がるぐらいで大きな変化はないので、魔石だけは普通に売り出すことができている。

この程度の魔石の質なら森の奥で強い魔物を倒せば手に入るので、多分ギルド職員も特別気にしてはいないはずだ。

全部が変質後の質が上がった魔石だと不思議に思われたかもしれないが、半分以上はフィーネが解体したこの辺でも一般的な質の魔石なので、それも誤魔化すのに一役買っている。

『これで五匹全部だ』

リルンが倒したホーンラビットを全て運んできたところで、フィーネが声をかけた。

「リルン、今日はこの辺でやめておこうか。そろそろお昼になるし、ゲルトさんのところに戻らないとね」

その言葉に、また魔物を探しに向かおうとしていたリルンは、こちらを振り返って少し不満げな表情を浮かべる。しかし文句を言うことなく、素直に頷いた。

『……分かった』

「ありがとう。また自由に魔物討伐ができる時間も作ろうね」

笑顔のフィーネに、リルンは照れたのか視線を逸らす。

『まあ、付き合ってやらんこともない』

そうして魔物討伐も終わりにして、俺たちは重くなった鞄を抱えて外門まで戻った。

すると四十代ぐらいのおじさん二人組パーティーが、すでに戻ってきているのが目に入る。他の二つのパーティーはまだいないみたいだ。

「おっ、ちゃんと戻ってきたな」

「はい。たくさん魔物を討伐してきました」

フィーネが魔石が詰まった袋を持ち上げながら笑みを浮かべると、ゲルトさんはその袋の大きさに苦笑を浮かべる。

「お前ら、Fランクにいることが間違いだな。ギルドの規定がなかったら、一気にCまで上げたいぐらいだ」

「飛び級できたら楽なのですが」

「それは難しいからなぁ。その代わりに、次の昇格試験をすぐ受けられるように、ギルドに話をしておいてやろうか？　そのぐらいなら俺にもできる」

「本当ですか！　ぜひお願いしたいです」

フィーネがゲルトさんの言葉に嬉しそうに反応すると、ゲルトさんはすぐに頷いてくれた。

「任せとけ。——じゃあ、そろそろ昼飯でも食べるか。他のパーティーはまだ帰ってきそうにないからな」

ゲルトさんのその言葉に全員が森の方向に視線を向けると、そっちにはいくつかの冒険者パーティーがいるのが見える。

しかし試験を受けている二つのパーティーは、見える範囲にいないみたいだ。

「しばらくは待機ですかね」

「そうなるな」

ゲルトさんは椅子に座ってパンと塩漬け肉を、おじさん二人組の冒険者はサンドパンを鞄から取り出したので、俺たちもその場に腰を下ろして昼食を食べ始めた。

屋台で買った木の実がたくさん使われたパンは、少し硬いが食べ応えがあってとても美味しい。このパンだとラトとリルン、どっちも満足できるみたいでいいな。

「ジャムがあったらもっと美味しいかもね」

「確かに合いそうだな。あとは……チーズとか」

「確かに！　これはチーズが合うかも。今度試してみようか」

俺たちがそんな会話をしていると、ラトが名案を口にした。

『このパン、焼いても美味しいんじゃないかな。ほら、エリクが錬金に使ってたコンロがあるでしょ？』

『む、そんなのがあるのか？』

『うん！　持ってくれば外でも使えるやつだよ』

ラトの言葉に、リルンの目がキランと光る。

『それはいい。さっそく次から試そう。エリク、頼んだぞ』

「分かった」

ゲルトさんや他の冒険者に聞こえないよう小さな声で答えると、ラトは大袈裟《おおげさ》に、リルンは分かりづらく喜んでくれた。

そんな二人の様子にフィーネと笑みを向け合って、昼食の時間は穏やかに過ぎていった。

◇　◇　◇

エリクたちが昼食を楽しんでいる頃、森の中では昇格試験を受けている少年三人のパーティーが、依頼達成のために力を尽くしていた。

貧しい家に生まれた三人は、自分や家族のために報酬をたくさん稼ぎたいと、Eランク昇格への熱意が溢れている。

（この試験に合格したら、僕たちはEランクだ。Eランクになれば家族皆に喜んでもらえて、妹には美味しいものを食べさせてあげられる。絶対に合格したい……！）

三人とも同じような気持ちで、真剣にホーンラビットを探していた。

しかし思うように見つからず、少し焦りが生まれている。

「ホーンラビット、全然見つからねぇな」

「そうだが、まだ焦る時じゃない」

「うん。ヒール草は採取できたんだからね」

そんな会話をしながら、三人は森の比較的浅い部分の捜索を続けた。しかししばらくして、三人の中では一番好戦的なハンスが提案する。

「なぁ、もう少し奥に行ってみねぇか？　この辺には魔物はいなそうだぜ」

その提案に、リーダーでしっかり者のカイが悩みながら頷いた。

「確かにそうだな……もう少しだけ奥に行くか」

「わ、分かった」

三人の中では大人しいタイプのローマンも同意して、足並みを揃えて森の奥に向かう。

緊張しつつも、しっかりと周囲を警戒しながら森を奥へと進んでいくと、三人の耳に葉が擦れる音が届いた。

「魔物だぜ」

「ホーンラビットかな」

「陣形は崩すなよ」

三人で慎重に音のした方向へ進むと……そこにいたのは、スモールディアだった。

ホーンラビットではないと落胆しかけた三人だが、すぐに他の魔物でもいいというルールを思い出す。三人とも構えて、スモールディアに対峙《たいじ》した。

「ホーンラビットより強いけどさ、俺らなら倒せるよなっ」

「ああ、問題ない。いつも通りにやろう」

「う、うん。怪我はしないように気を付けようね」

三人に敵意の籠《こも》った視線を向けるスモールディアに対し、いつも前衛を務めているハンスが地面を蹴って近づいた。

すると突然、ハンスがカイとローマンの目の前から姿を消す。

「……っ」

何が起きたのか分からず二人が動けないでいると、ハンスが近くの木にぶつかって地面に倒れた。

「ハンス……！」

気を失っている様子のハンスに駆け寄ろうとローマンが足を踏み出したその瞬間、思わず足を止めてしまうような、圧倒的な威圧感を持つ魔物が姿を現す。

硬そうな黒毛に巨大な体躯《たいく》、鋭い牙と爪。

カイとローマンは、一瞬にして理解した。

(こいつはヤバい。絶対に俺たちじゃ勝てない)

(こんなやつに敵うはずがない。どうしよう、どうすれば逃げられるのかな。ハンスを連れて、ゲルトさんがいる外門まで走れる？　……無理だよ。絶対に無理だ。どうしよう。こんなところで死にたくないよ……)

二人とも圧倒されていたが、リーダーであるカイの方が冷静さを残しており、少し声を震わせながらも告げる。

「ローマン、こいつはブラックウルフだ。俺たちじゃ絶対に倒せない。いいか、俺がこいつの注意を引くから、その隙《すき》にこの場から逃げ出して、ゲルトさんに助けを求めてくれ。足の速いお前が適任だ、頼む」

カイからの頼みに、ローマンは二人を置いていくことに大きな抵抗を覚えながらも、それが現時点での最善の選択だと小さく頷いた。

「……分かった。絶対に助けを呼ぶよ」

「頼んだぞ」

カイはローマンに望みを託すと、剣を片手に魔物へと駆け出す。

そしてその瞬間、ローマンも本気の速度でその場を離れた。

（早く、早く行かないと、ハンスとカイが死んじゃうかもしれない……！）

目からぼろぼろと涙を溢しながらも、ローマンの目には決意が滲《にじ》んでいる。葉や枝によって体中に細かい傷ができていたが、その一切を気にせず、とにかく足を動かし続けた。

（二人とも、絶対に死なないで……っ！）

◇　◇　◇

昼食を食べ終えて、ゆったりと気持ちのいい風を感じながら休憩していると、どこからか人が走ってくる音が聞こえてきた。かなり慌てている様子の足音に周囲を見回すと、遠くに一人の少年が倒れそうになりながら、必死で走っているのが見える。

「あの子は……」

一緒に昇格試験を受けている、少年三人組の一人じゃないか？

そう思ってじっと目を凝らすと、他の皆も気付いたのか俺と同じ方向に視線を向けた。

「ローマンだな」

ゲルトさんの呟きで、少年の名前を知る。

「何かあったのでしょうか。心配ですね……」

フィーネが眉尻を下げてそう呟いたところで、ゲルトさんが椅子から立ち上がった。

「緊急事態かもしれねぇ。迎えに行ってくる」

険しい表情のゲルトさんが草原に向かったところで、俺とフィーネも顔を見合わせて、ラトとリルンとともにゲルトさんの後に続く。

「俺たちも行くか？」

「そうだな。もしかしたら役に立てるかもしれない」

おじさん冒険者二人も俺たちの後に続き、皆でローマンの元に向かった。

「ゲルト、さんっ……！」

俺たちに気付いたローマンはそう叫ぶと、ガクッとその場に膝を突いてしまう。

「はぁ、はぁ、はぁ」

「ローマン、どうしたんだ？　大丈夫か？」

荒い息を吐くローマンにゲルトさんが声をかけると、ローマンは辛そうにしながらも顔を上げて言った。

「ブ、ブラック、ウルフが!!」

「……ブラックウルフだと？」

「はい！　あの、カイがブラックウルフだって。ハンスが最初に吹き飛ばされて、カイは俺を逃すために残って……っ」

ローマンはそこまで告げると目から大粒の涙を溢し、唇を噛み締めながらゲルトさんに縋《すが》り付く。

「お願いします……二人を、二人を助けてください！」

その必死の願いに、ゲルトさんはローマンの頭を少し強めに撫でた。

「ああ、分かった。今すぐに救援を呼ぶから落ち着け。ブラックウルフがこんな街の近くにいるなんて、一大事だからな」

「ほ、本当ですか！　ありがとうございますっ」

少し安心したように絶え間なく涙を溢すローマンと、未だに険しい表情のゲルトさん。

この場にいる皆で助けに向かうのではなく、今から救援を呼ぶということは、ブラックウルフってそれほどに強い魔物なのだろうか。

俺は名前を聞いたことがある程度で、詳しいことは何も知らない。

そこでフィーネに聞いてみると、フィーネもゲルトさんと同じく厳しい表情で教えてくれた。

「ブラックウルフは、この辺にいる魔物とは比べ物にならないよ。冒険者だったら……Bランクパーティーならなんとかなるかもってところかな」

Bランク⁉　それは想像していたよりも、かなり強い魔物だ。

そんな魔物がなぜ街のすぐ近くにいるのかという疑問と、そんなに強い魔物と現在向き合っているはずの二人の少年は無事なのかという、あまり考えたくない疑問が浮かぶ。

「なんとか生きていて……」

俺にだけ聞こえるような声音でそう祈ったフィーネは、救援を呼ぶために動き出そうとしていたゲルトさんに向けて声を張った。

「ゲルトさん、私たちならブラックウルフを討伐できます。今すぐ助けに行きましょう」

その言葉にゲルトさんは相当驚いているが、俺も同じぐらい驚いた。Bランクパーティーならなんとかなるかもって強さの魔物なのに、討伐できるのか……？

多分倒すのは、リルンだと思うが……

そう思ってリルンに視線を向けると、リルンは好戦的な笑みを浮かべていた。

『我ならば楽勝だ。仕方がないから倒してやろう』

俺の内心が読めたのか、リルンはそう言ってふんっと鼻から息を出す。

「いや、さすがにお前たちでも……」

「大丈夫です。今までに何回か倒したことがありますから」

さすがにすぐには信じなかったゲルトさんだが、フィーネの力強い目と余裕そうなリルンを交互に見て、最終的には真剣な表情で頷いた。

「分かった、お前たちに任せる。ローマン、まだ走れるか？」

「は、はいっ。もちろんです！」

「じゃあ、ブラックウルフのところまで案内してくれ」

ゲルトさんのその言葉に頷いたローマンは、素早く立ち上がると予想以上に速い速度で走り始める。俺たちはそんなローマンに、必死でついていった。

走り始めて数分が経過し、俺の体力ではそろそろ倒れると思ったところで、ローマンがピタッと足を止める。

「この辺りのはずです」

『向こうだ。匂いがする』

「あっちみたいです」

リルンが鼻先で示した方向をフィーネが指差し、全員でそちらに向かった。

先に進むと獣の唸《うな》り声と人の足音が聞こえ、血の匂いも僅かに漂ってくる。

「……いたな」

ブラックウルフは、予想以上の大きさだった。俺の身長と同じぐらいの背丈だ。体を覆う毛は、かなり硬くて鋭そうに見える。

そんなブラックウルフに対峙しているのは……三人組の少年の一人だ。

辛うじて立っているが、全身に怪我を負っていて今にも倒れそうにフラついている。

ここまで満身創痍《まんしんそうい》でも逃げられないのは、木の根元に横たわるもう一人の少年を守っているからだろう。そっちの子も口から血を吐いていて、かなり怪我が酷そうだった。

「リルン、すぐにあいつを倒して」

目の前に広がる酷い光景に、フィーネは硬い声音でリルンに告げると、リルンはそれに応えて悠然とブラックウルフに向かっていく。

何の気負いもない、自然体で近づいていくリルンにブラックウルフは少したじろいだのか、一歩下がった。

その隙を、リルンは見逃さない。

ブラックウルフが下がった瞬間に、俺の目では辛うじて追えるほどの速度で飛びかかった。リルンが繰り出した爪の攻撃は、ブラックウルフの硬い毛を削り、現れた皮膚に傷を付ける。

「グオォォォォッ!!」

ブラックウルフは痛みからか怒りの咆哮《ほうこう》を上げて、強く地面を蹴った。

飛び上がったブラックウルフは尻尾による攻撃が自慢なのか、リルンの頭めがけて毛が針のように尖っている尻尾を振り下ろす。

しかしリルンは、そんな攻撃を喰らうことはなかった。

軽いステップで攻撃を横に避けて、そのままブラックウルフの頭上めがけて飛び上がる。そして上から風を操り、ブラックウルフを地面に縛り付けると……首元を切り裂いた。

パシュッという音とともに血が噴き出し、ブラックウルフはそのまま動かなくなる。

『ふんっ、こんなものだ』

華麗に着地したリルンは、ドヤ顔で悠然とこちらに歩いてきた。

リルンって本当に強いんだな……

改めてその事実を実感しながら、俺とフィーネはリルンに声をかける。

「リルン、ありがとう。やっぱり強いね」

「さすがだな……本当に凄かった」

『あの程度の魔物、我の敵ではない』

俺たちがそんな話をしていると、あまりにも一方的な戦闘に顎が外れるほど口を開いていたゲルトさんが、やっと復活して尋ねた。

「マ、マジで、強いな。……その魔物、テイムしたんだよな？」

テイムのスキルは、基本的に主人よりも弱い魔物にしかできないと思われているので、ゲルトさんはフィーネに畏怖《いふ》の視線を向ける。

「私は運が良かったんです。それよりも、ハンスとカイはどうですか？」

フィーネの言葉にハッと我に返ったゲルトさんは、すぐ二人の方に視線を向けた。二人にはブラックウルフが倒れると同時に、ローマンが駆け寄っている。

「ローマン、二人の様子はどうだ？」

ゲルトさんの問いかけに、ローマンは未だに強張った表情のまま、震える声で答えた。

「……カイは、大丈夫そうですが、ハ、ハンスが……」

その言葉を聞いて、おじさん冒険者の一人がハンスに駆け寄り、怪我の具合を確認する。その手つきには全く迷いがなく、この場ではとても頼りになる存在だった。

「――俺は今まで治癒院で働いてたんだが、これはヤバいかもしれない。内臓を損傷している可能性がある。適切な設備がある施設で治療が必要だ。優秀な治癒師がいないと治せないだろう。……とりあえず、できる限り体を動かさずに運びたい」

「ち、治癒院なんて」

「僕たちにそんなお金ないです……」

カイとローマンが小さく呟いたその言葉に、この場の雰囲気が一気に暗いものへと変わる。

薬屋で売ってる薬を買うぐらいなら一般人でも可能だが、治癒師が症状に応じて適切な治療を施してくれる治癒院は、かなり高額なお金が必要になるのだ。

「おじさんは、治癒師じゃないのか？」

「俺は治癒師を補助する仕事をしていただけだ。お前らより少し知識がある程度で、治癒はできない。……治癒院が無理なら回復薬は買えないか？　回復薬でなんとか酷い症状が治れば、あとは薬屋で売ってる薬で命だけは助かるかもしれない。治癒院でもまずは回復薬を使うことが多いんだ」

おじさんのその言葉に、カイは少しだけ悩んでからゆっくりと頷いた。

「それならなんとか、一本は買えるかもしれない」

「分かった。じゃあ、ここで少し治癒をしてから街に運ぶことにしよう。ローマン、今から言うものを買ってくるんだ」

「わ、分かった！」

「ちょっと待って欲しい」

今にも駆け出しそうな様子のローマンとおじさんの間に割って入った俺は、鞄から強回復薬を取り出した。

これならハンスの怪我も、治るかもしれない。

「これ、強回復薬なんだ。ハンスに使って欲しい」

ローマンよりおじさんの方が冷静に使ってくれるかと思い手渡すと、おじさんは強回復薬という言葉に目を見開いた。

「……なんで持ってるんだ？　俺は治癒院で働いていた二十年間で、これを見たのは二度だけだ」

「俺が作ったんだ。実は俺は錬金術師でもあって、つい最近作った回復薬が運良く強回復薬になった」

その説明を聞いたおじさんは、手の中にある強回復薬を見つめる。そして真剣な表情で、俺の顔を見上げた。

「本当に使っていいのか？」

「もちろんだ」

「ま、待ってくれ！　凄くありがたいが、強回復薬なんて希少な品は買えない」

悔しそうに唇を噛み締めながら首を横に振るカイに、俺は努めて軽い口調で告げる。

「いや、金は無理のない範囲で払ってくれればいい。初めて作った強回復薬で、効果の程度は不明だからな。……それに、助けられるかもしれない薬を持ってるのに見殺しにしたら、それこそずっと罪悪感に苛《さいな》まれそうだ。俺のためにも使ってくれ」

その言葉を聞いて、ローマンが号泣しながら頭を下げた。

「ありがとうっ、ありがとう、ございますっ！」

そんなローマンの隣で、カイも怪我をを庇いながら頭を下げる。

「ありがとうございます……本当に、ありがとうございます」

「気にしないで欲しい。……じゃあ、使ってくれ」

強回復薬を手にしているおじさんに声をかけると、おじさんは力強く頷いた。

まずはハンスの容態を確認すると、強回復薬を自分が持っていた布に染み込ませていく。そしてその布を、ハンスのお腹辺りに広げていくようだ。

「飲ませるんじゃないんだ……」

フィーネが呟いたその言葉に、おじさんは次の布に薬を染み込ませながら頷いた。

「ああ、回復薬は使い方によって効果を向上させたり、逆に損なわせることもある。全部飲ませるのが一般的な使用法だが、一部はこうして布に染み込ませて損傷部を覆うようにした方が、効果は上がるんだ。特に内蔵に問題がある場合はな。切り傷など目に見える怪我の場合は、桶などに回復薬を入れて傷口を浸すと良かったりする」

回復薬って、そんなに奥が深いものだったのか……飲むだけだと思い込んでいた。

おじさん、カッコいいな。

「おい、飲めるか？　目を覚ませ」

半分ほどの薬を布に染み込ませたところで、おじさんはハンスの頬を軽く叩いた。しかしハンスは目を覚まさない。

「無理やりにでも口に流し込めばいいんじゃないか？」

目を覚まさないハンスにカイが焦《じ》れたのかそう提案すると、おじさんは首を横に振った。

「それはダメだ。吐き出したら回復薬の効果が全て得られなくなるし、本来は空気が入る場所に液体が入るのも避けたい。治癒院なら管を入れて回復薬を流し込むんだがな……」

それからもハンスを起こそうとおじさんが声をかけ続け、強めに叩いたりして刺激も与えるが、目を覚まさない。そんな状況に、リルンが動いた。

『我に任せておけ。要するに、その子供が目覚めればいいのだろう？』

ゆっくりと歩いていくリルンに不安を覚えたが、今は早く目を覚ましてもらう方が先決なので、俺はリルンを見送る。フィーネも同じように考えたのか、不安そうにしながらもリルンを静かに見守った。

そんな中でリルンは前脚をおじさんの肩に乗せ、顎をクイッと動かす。

「……っ」

突然リルンに肩を掴まれるような形になったおじさんは体をビクッと震わせたが、悲鳴は上げずにその場を離れた。

全員が不安そうに行方を見守る中、リルンは大きく口を開けると――少し離れたところから見ていた俺もゾワッと鳥肌が立つような威圧を発した。するとその瞬間、ハンスが叫ぶ。

「うわぁぁぁ！」

俺も含めた他の皆は突然の衝撃に固まってしまい、全く動けない。そんな中でリルンはやり切った表情でこちらに戻ってきた。ハンスは意識を取り戻したことで痛みを感じたのか、顔を顰《しか》めて呻いている。

「ハ、ハンスに強回復薬を！」

いち早く我に返って叫んだゲルトさんの言葉に従い、おじさんがハンスの口元に強回復薬を運ぶ。

それを確認したところで、俺は戻ってきたドヤ顔のリルンの頭を、思わず軽く叩いてしまった。

「リルン、あんな起こし方はないだろ！」

『むっ、何をする！　目が覚めたのだから、あれで正解だったのだ。褒めても良いのだぞ？』

「褒められるか！」

殺されるという本能的な恐怖で目を覚まさせるって考えだったんだろうが、緊急事態とはいえ、あまりにも乱暴すぎるだろう。目は覚めたが、今度は恐怖によるショックで意識を失った、みたいな結末になっていたらどうするつもりだったのか。

そんなことを考えていたら、フィーネがいい笑顔でリルンを見つめていた。

「リルン、人間を怖がらせない、危害を加えないって約束したよね？」

フィーネは分かりやすく怒っているわけではなく、笑顔で問いかけただけなのだが、リルンの顔が少し引き攣《つ》ったのが分かる。

『こ、今回は、緊急事態だろう？』

「でも、相談はして欲しかったかな。それにもう少し平和的な解決策もあったと思うよ？」

『……それはそうだが』

「そうだよね」

リルンがフィーネに、どんどん追い込まれていく。何だか俺まで怒られている気分になっていると、フィーネが最後の一撃を放った。

「三日間はパン禁止ね」

その言葉は、何よりもリルンにダメージを喰らわせたらしい。呆然と立ち尽くすリルンは、完全に固まっている。

そんなリルンを少しだけ不憫《ふびん》に思っていると、フィーネが他の皆に声をかけられているハンスに視線を向けた。断片的に聞こえてきていた情報では、怪我はほとんど治ったみたいだが……

俺もハンスに視線を向けると、そこには元気に体の調子を確認するハンスがいた。

「問題なさそうだな」

「そうだね。本当に良かった」

俺たちが無事を喜んでいると、ゲルトさんがこちらを振り向く。

「お前たちのおかげで、ブラックウルフによる被害は軽いものになった。本当にありがとな。色々と助かった」

「いえ、ちょうど私たちにブラックウルフを討伐できる戦力があり、怪我を治せる回復薬を持っていただけですから。それよりも、さっきはリルンがすみません」

フィーネが申し訳なさそうに眉尻を下げると、ゲルトさんは苦笑を浮かべた。

「ちょっとびっくりしたが、大丈夫だ。ただハンスには一応、わざとだったって説明してやってくれ。……それにしてもその従魔、信じられないほどに強くて頭もいいな。さっきは会話までしてなかったか？」

あっ、やっぱりさっきの会話は聞かれてたんだ。

周囲に他の人がいる時は、従魔への声かけとして不自然じゃないものと、俺との会話だと偽装できるような口調を選んでいる。たださっきは突然のことで、さらに俺もフィーネも驚きと少しの怒りでいつもより冷静じゃなかったので、リルンと普通に会話をしてしまったのだ。

「運良く、賢くて強い子をテイムできたんです」

もうそれで貫き通すしかないからか、フィーネは笑顔で堂々と答えた。

するとと意外にも、ゲルトさんはそれで納得する。

「そうか。お前たちはいろんな面で、こんな低いランクにいるべきじゃないな。これからも昇格できるように頑張れよ」

「はい、頑張ります」

そんな話が終わったところで、もう一人で普通に歩けるらしいハンスが立ち上がり、俺たちの元にやってきた。

「俺たちのことを助けてくれたって聞いて……本当にありがとうございましたっ！」

ガバッと深く頭を下げたハンスに、フィーネが口を開く。

「助けられて良かった。でもちょっと怖がらせちゃってごめんね。リルンは君を起こそうとしたみたいなんだ」

「いや、俺こそ叫んじゃってすみません。俺を助けるためのことだったのに」

ハンスがリルンに向けて眉尻を下げると、視線を向けられたリルンは『むっ』と困ったように眉を顰めた。

「リルン」

しかしフィーネのその声に、リルンはビクッと動き、ハンスに少しずつ近づいた。そしてハンスの体に自分の体を密着させ、軽く尻尾を振る。

懐いてる感じのリルン、可愛い……！

ほぼ無理やりとはいえそのギャップに萌えていると、ハンスも俺と同じ感想を持ったのか、興奮した声を上げた。

「うぉっ、お前、可愛いな……！」

『我は可愛くなど……』

「リルン」

静かなフィーネの言葉に、ハンスの伸ばした手から逃れようとしていたリルンは、顔周りをグニグニと撫でられるのに甘んじる。表情には嫌そうな感情が滲み出ているのに、頑張って尻尾をおざなりに振っているのが可愛かった。

「パン禁止は二日にしてあげる」

ボソッとフィーネが呟くと、耳聡《みみざと》くその声を拾ったリルンは嫌そうな表情も消し去り、ハンスの手をベロリと舐める。

「ははっ、くすぐったいぞ」

「ちょっと、ハンスだけズルいよ」

「俺たちにも触らせてくれ」

ローマンとカイもリルンを愛でるのに加わり、それからリルンは大人しく犬のように愛想を振《ふ》り撒《ま》いた。

もう三人にリルンへの恐怖心が微塵《みじん》もなくなったところで、フィーネが口を開く。

「では、そろそろ街に戻りましょうか。ブラックウルフのような魔物が他にいないとも限りませんし、早めに報告をするべきですよね」

その言葉に皆は表情を引き締め、ブラックウルフに視線を向けた。

「こんなにデカいやつに襲われたんだな……俺たち三人とも生きてるの、マジで奇跡じゃん」

「本当にそうなんだよ～。もう、ダメかと思ったんだから」

「ちょっ、ローマン、お前さっきからすぐ泣きすぎだろ！」

「だって～っ」

「抱きつくな！　暑いだろっ」

そんなやり取りをするハンスとローマンは、元気に駆け回っている。子供特有の元気さに和むとともに、強回復薬の凄さを改めて実感した。

普通の回復薬だと薬と併用すればなんとか助かるかもって話だったのに、強回復薬だとこんなに効くんだな……いくつか作って持ち歩こう。

「じゃあ、皆でこの布にブラックウルフを乗せるぞ」

それから俺たちはゲルトさんが持っていた布を広げてブラックウルフを乗せ、皆で布を引いて街まで運んだ。俺はさりげなく布を持つ係を務め、素材には一切触っていない。

『エリク、肩に乗っていい？』

ずっとフィーネの肩にいたラトは、俺のところに来てくれた。その理由を不思議に思いながら受け入れると、ラトから驚きの提案をされる。

『エリクの手がブラックウルフに触れそうになったら、僕の結界で防いであげるね！』

なるほど……ラトの結界は、そんな使い方もできるのか。

目から鱗《うろこ》の提案に、俺は興奮しながら小声で感謝を伝えた。

「ありがとな。凄く助かる」

『へへっ、僕も役立てるんだよ！』

もしかしたら、リルンがたくさん活躍して、自分が活躍してないことを気にしてたのだろうか。

健気《けなげ》なラトがあまりにも可愛くて、俺は空いた片手でラトを撫でた。

「ラトは凄いな」

何も役に立たなくても、ラトはいるだけで可愛くて癒しだからとは思いつつ、わざわざそれを伝えることはしない。やっぱり自分が役に立っているという実感が重要だからな。

『僕に任せて！』

そうしてラトの可愛さに癒されつつ、近くでフィーネとリルンがパン禁止の日数について小声で話し合っているのを聞いているうちに、森を抜けて街の外門が見えてきた。

するとその外門前には、何だか見覚えのある女性二人組がいて――

「そういえば、昇格試験はもう一組受けてたな」

俺が呟いた言葉によって、妙な沈黙が場を支配した。

これ、絶対ゲルトさんも存在を忘れてたな。

「ごほんっ。……お前たち、すまないな！　少しトラブルがあって離れていた！」

ゲルトさんは空咳《からせき》をして妙な雰囲気を吹き飛ばすと、女性二人組に向けて大きく声を張った。すると二人はこちらに気付いて笑顔で手を振り、足を一歩踏み出して……そこで固まった。

ブラックウルフが目に入ったのだろう。

「かなり驚いてそうですね」

「まあ、そうなるだろうな。ブラックウルフなんて、普通はこの街の近くにいるはずがないんだ。どこかで逸《はぐ》れたやつが偶然行き着いたのか、なんにせよ調査は必要だろう」

何か大変なことが起こる前触れとかではなく、偶然ならいいが。

「そ、それ、何ですか!?」

外門近くに着いたところで、女性二人が驚愕《きょうがく》に目を見開きながら叫んだ。

するとその叫び声で兵士たちもブラックウルフに気付いたようで、わらわらと門から飛び出してくる。

「何事だ!?」

「ゲルト、何があった？」

ゲルトさんを知っている兵士の一人がこちらに駆け寄ってきたところで、ゲルトさんは集まってきた人たち全員に聞こえる声で告げた。

「森の中に突然ブラックウルフが現れたんだ。昇格試験の最中だった冒険者パーティーが襲われたが、何とか討伐には成功し、襲われたパーティーも無事に戻ることができている」

そこまでを一息に言い切って言葉を途切れさせたゲルトさんは、次に俺とフィーネに視線を向けた。俺たちはゲルトさんに背中を押される形で皆の前まで移動し、大勢の注目を浴びる。

「この二人が、ブラックウルフを討伐してくれたパーティーだ。名をフィーネとエリクという。とても優秀なテイマーと錬金術師の二人だ。……名を売るチャンスだぞ」

ゲルトさんは最後に俺たちにだけ聞こえる声でボソッと呟くと、振り返ってゲルトさんの顔を見上げた俺たちに、下手なウインクをした。

冒険者として名が売れれば報酬がいい指名依頼が入ることもあるし、昇格もしやすくなるからというゲルトさんの配慮なんだろう。

ただ俺たちは、別にそこまで名を売りたいわけじゃない。二人とも特殊なスキル持ちだから、目立ちすぎると面倒ごとに巻き込まれる可能性が高まるのだ。

しかし、ここでゲルトさんの厚意を無下《むげ》にすることもできず、俺たちは苦笑を浮かべつつゲルトさんに小声で感謝を伝えた。

そして集まっている兵士や冒険者の方に視線を戻すと、ほぼ全員に尊敬の眼差しを向けられる。

……なんか、くすぐったいな。俺がこんなふうに注目を集めることになるなんて、今でも信じられない。

九割以上はフィーネのおかげなんだけどな。

「えっと……フィーネ、です。この子がリルンでこっちがラト。今回ブラックウルフを倒してくれたのは、こっちのリルンです。とても強くて可愛いこの子たちに、いつも助けられています」

「俺はエリクです。錬金術師なので戦いは得意じゃないですが、今回は怪我人を助けることができたので、錬金術を頑張ってきて良かったと思っています。えっと……これからも頑張ります。あ、あと向こうにいる冒険者が俺の回復薬を適切に使ってくれたので、怪我人は助かりました。あの人も今回の功労者です」

こういうのに全く慣れていない俺たちは何を言えばいいのか分からず、とりあえず取り留めのない自己紹介をして、俺は大活躍だったおじさんの紹介をした。

しかしブラックウルフを倒したというフィルターがあるからか、皆が拍手をしてくれたのでこれで良しとしよう。

「よしっ、じゃあブラックウルフを運ぼう。これは冒険者ギルドでいいのか？　それとも領主様のところか？」

ゲルトさんが空気を切り替えるように声を発してくれたところで、俺たちに集中していた視線がそこかしこに散らばった。

そして兵士の一人が答える。

「さっき領主様のところには遣いを送ったから、それまでは門前広場に置いておこう。多分領主邸に送ることになる」

「やっぱりそうか」

「ああ。それから今回のことについて、関係者が領主様に呼ばれるはずだ。そのつもりで招集を待っていて欲しい」

「分かった。俺から伝えておく」

「よろしくな」

それからは皆で力を合わせてブラックウルフを門前広場に運び、俺たちは昇格試験終了の手続きをするために冒険者ギルドへと戻った。

ギルドに戻って手続きを済ませた俺たちは、今回の騒動を知った人たちに次々と声をかけられながら、何とかギルドを後にした。

「凄い反響だな」

「ブラックウルフの討伐は衝撃が大きかったみたいだね。リルンが一躍《いちやく》有名人だよ」

『ふふんっ、我が力を発揮すればこんなものだ』

尻尾を揺らめかせて機嫌が良さそうなリルンを見て、俺たちは顔を見合わせて笑い合う。ちなみにパンの禁止はなしになったそうだ。それも機嫌がいい理由の一つだろう。

「エリクが錬金術師だってことも広まっちゃったけど、それは大丈夫なの？」

「そうだな……多分大丈夫だと思う。俺のスキルについて知ってる人が聞いたら不思議に思うだろうけど、何か言われたら素材が変質しない方法を編み出したとでも言えばいい」

「確かにそうだね。問題ないなら良かったよ」

俺たちがそんな話をしていると、少し拗ねた様子のラトがフィーネの肩からリルンの背中の上に飛び移った。

『リルンばっかりずるい。僕だって凄いのに』

「ふふっ、そうだよね。ラトも凄い力を持ってるよね」

フィーネがラトの頭を指先で撫でながらそう伝えると、ラトは少し満足したのか頬を緩める。

『僕も役に立ってる？』

「もちろん凄く役に立ってるよ。ラトの瞬間移動はエリクと離れた場所にいる時にとても助かるし、結界は何度も私を守ってくれた。それにさっき、エリクの補助もしてくれたんでしょ？」

『うん！　えへへっ、これからも皆のために頑張るね！』

リルンの背中からフィーネの胸元めがけて飛んだラトは、フィーネに抱き留められて満面の笑みだ。

ラトって本当に可愛い。

「夜ご飯には早いから、屋台で甘いものでも買おうか」

『甘いもの！　木の実のケーキ!?』

「ケーキは屋台にはないかなぁ。木の実の蜂蜜漬けはどう？」

『僕あれ大好きだよ！』

「じゃあ、買いに行こうか。リルンは何がいい？」

『我は揚げパンを所望する』

それから俺たちは帰り道で美味しいものを買い込んで、のんびりとした楽しい時間を過ごした。

# 第五章　和解と依頼

昇格試験を受けた次の日。俺たちはいつものように冒険者ギルドへ向かっていた。

「領主様から呼ばれるのっていつになるのかな」

「数日は先だろうって話だけど、そわそわするから早めがいいな」

そんな話をしながらギルドに入り、昨日ゲルトさんに毎日確認して欲しいと言われたので、受付の女性に声をかける。

「すみません。エリクとフィーネですが、領主様からの言伝《ことづて》は来ていますか？」

「おはようございます。現段階では来ていないようです」

「そうですか。ありがとうございます」

女性に軽く頭を下げて、受付から依頼票が貼られた掲示板に移動しようと足を踏み出したその時、受付の女性が椅子から立ち上がってカウンターに身を乗り出した。

「エリクさん。領主様ではないのですが、エリクさんに会いたいという人が訪ねてきております。今朝早くギルドにいらして、エリクさんが来たら教えて欲しいと言われたのですが」

受付の女性がそう言って手のひらで示した先には、五十代ぐらいに見える細身の男性がいた。その後ろ姿は随分と見慣れたもので……

「……工房長？」

「お知り合いですか？」

「はい。教えてくださってありがとうございます」

何で工房長が来てるのだろうか。今までの弁償を求めに来たのか……？

「エリク、大丈夫？」

悪い想像しかできなくて自然と眉間に皺が寄ってしまうと、フィーネが心配そうな表情で顔を覗き込んでくれた。

フィーネの肩にいるラトも俺を見つめていて、リルンもチラチラと視線を向けてくる。皆が心配してくれていることに、今度は自然と頬が緩んだ。

「大丈夫。話してくるよ」

「そっか、頑張ってね。私たちはここにいるから」

「ありがとう」

意を決して足を踏み出し、少し距離をとって工房長に声をかけた。

「工房長、お久しぶりです。……何かありましたか？」

その問いかけに、工房長はガバッとこちらを振り返る。久しぶりに見た工房長は、少しだけ痩せていた。

「エリク……」

工房長は俺の顔をじっと見つめてから、勢い良く頭を下げる。

「エリク、本当に、本当に申し訳なかった‼」

それに驚いたのは俺だ。まさか謝られるとは考えていなかった。

「こ、工房長、頭を上げてくださいっ！　何で謝罪なんて……」

その声かけにゆっくりと顔を上げた工房長は、俺の目をまっすぐと射貫き、落ち着いた低い声音で告げる。

「俺は、最低なことをした。お前は真面目に働くいいやつだったのに、感情的になって追い出しちまった。お前が悪いんじゃなくて、スキルに振り回されてただけだったのにな……本当にすまなかった。今更遅いと思うが、本当にエリクの今後を一緒に考えようと思ってたんだ」

工房長の本音を聞くことができて、胸に詰まっていた何かが溶けて流れていくような、そんな感動を覚えた。

「……工房長、ありがとうございます。逆に俺の方が謝りたくて……もっと早く自分から辞めてればって、何度も考えました。錬金の仕事を諦めきれなくて、他の仕事をできるとも思えなくて、縋りついてすみませんでした。いくつも素材をダメにしてしまって、本当に申し訳なかったです」

俺も本音を伝えられたことで、何だか肩の力も抜ける。

六年間厳しくも親身になって指導してくれていた工房長と、最悪な形で別れることになってしまったことは、俺の胸に重くのしかかっていた。

こうして本音を伝え合うことができて、本当に良かった。

「いや、お前は悪くない。悪いのは俺だ。あんなスキルが発現して、一番戸惑って悲しかったのはお前のはずなのに、俺は寄り添うどころかキツく当たったんだからな」

工房長は眉間に皺を寄せながらキツく唇を噛み締めていて、本当に悔やんでいることが一目で分かる。

「素材のことは気にしなくていい。俺がエリクにした仕打ちに比べたら、小さいもんだ」

「……ありがとうございます。でも仕打ちだなんて、そんなこと本当に思ってないんです。俺のスキルが最悪な中で、工房長は最大限、俺を雇い続けてくれたと思っています。……今回ここに来たのは、昨日のことを聞いたからですか？」

少し話を変えるように問いかけると、工房長は頷いた。

「そうだ。お前がどこで働いてるのかと心配していたんだが、しばらく探しても見つからなくて、まさか冒険者になっていたとは思わなかった。錬金術師として怪我人を救ったという話だったが、また錬金ができるようになったのか……？」

恐る恐るの問いかけに、俺はしっかりと頷く。

「はい。実は俺のスキル、ある一定の条件下だと素材が劣化しないことが分かったんです。条件付きなので前のようにはいきませんが、錬金も気を付ければできます」

「そうか……良かったな。本当に良かった」

しみじみと呟いた工房長は、今までで一番優しい表情だった。

「エリクは工房で働く者の中でも、特に錬金に才能があった。これからもその才能を伸ばせることを祈ってる」

「それ、本当ですか……？」

「もちろんだ。嘘は言わない」

——そっか、俺は錬金に才能があるのか。

何だか凄く嬉しくて、頬が緩んでしまう。

工房長が褒めてくれたのなんて、片手で足りるほどの回数なのだ。

「ありがとうございます。幸いにも仲間を得て冒険者としてやっていけそうですので、これからも頑張ります」

「エリクの活躍が聞こえてくるのを楽しみにしている。……最後にこれを受け取ってくれるか？

俺の工房から独立するやつに渡してる支度金だ」

そう言って工房長が渡してくれたのは、金貨が十枚も入った小さな布袋だった。

「こんなにもらえません！」

「いいんだ。お前は立派に独立したんだからな」

「ですが……俺はレア素材をいくつもダメにして、工房に損害を出していますし」

「そんなのは気にしなくていいって言っただろ」

工房長の気持ちが嬉しくて、胸が熱くなるのを感じながら手を伸ばす。

「ありがとう、ございます」

受け取った布袋は、金貨十枚以上の重みがあるように感じた。

その袋をしっかりと仕舞ってから、俺は鞄から別のものを取り出す。

工房に損害を出して迷惑をかけたのは事実だから、工房長が許してくれたとしても、俺から何かお礼をしたかったのだ。

「これ、今までのお礼です。受け取ってください」

ちょうど錬金に使うための素材で、今日の昼頃に追加の処理が必要だったから持ってきていたものが、鞄に入っていた。

「ホワイトディアの毛皮と白華草、そしてヒーリング草です」

「……どれも希少だし、かなり質がいい。本当にこんなものをもらってもいいのか？　手に入れるのは大変だっただろ」

「ぜひ受け取ってください」

その言葉を聞いてから、工房長は少し後ろで見守ってくれていたフィーネに視線を移す。

「受け取ってください。エリクの気持ちですから」

フィーネが笑顔でそう言ってくれたのを聞いて、工房長は俺が差し出した素材に手を伸ばした。

「ありがとう。これは俺自身が、錬金素材として使おう」

「はい。どれも最終処理がまだなので、それだけはお願いします」

「分かった、任せておけ。――じゃあ、俺はそろそろ行くな」

工房長は渡した素材を片腕で抱えると、俺の頭を強めに撫でる。その遠慮のない手つきが嬉しくて、心が温かくなった。

「今日は会いに来てくださって、ありがとうございました」

「ああ、次に会った時には、一緒に酒でも飲もう」

「はい、じゃあまた」

次にいつ会えるかなんて分からないが、しんみりとした空気はない。

ニカッと明るい笑みを浮かべてギルドを出ていく工房長の後ろ姿を見送りながら、俺はこれから頑張ろうと決意を新たにした。

「フィーネ、ラト、リルン、これからもよろしくな」

皆と出会えた偶然と奇跡に、改めて感謝の気持ちが湧き上がる。

「うん。こちらこそよろしくね」

『僕こそよろしくね！　エリクとはもう離れられないよ～』

『まあ、これからも守ってやろう』

俺自身にというよりも、ファムの実を作り出せるスキルに対する気持ちが滲み出ているラトと、いつも通り素直になれないリルン。そんな二人にフィーネと顔を見合わせて、笑い合った。

工房長と和解して胸のつかえが取れたことで、俺は今までよりも毎日を楽しめるようになった。鍛錬への意欲もより向上し、そのおかげで剣の扱いに不安はなくなってきている。

ただリルンが言うには、まだ初心者の域を抜けていないのだそうだ。

『まだまだ弱いな』

午前中に依頼を受けて街に帰ってきた午後。街中にある公園の鍛錬場でリルンと体を鍛えていると、そう言葉をかけられた。

自分では少しマシになったと思うが、それは元が低すぎたからなのだろう。確かに周りで鍛錬している他の人たちと比べても、まだまだ見劣りしている。

「リルン的にはどのぐらいなんだ？　例えば剣の腕を五段階で評価したとして」

『一が弱いのか？』

「そうだ」

『それならば……まだゼロを抜け出せていないな』

「え、一にもなってないのか⁉」

俺は思わず大きな声を出してしまい、慌てて口を押さえた。周りにたくさんの人がいる中で、大きな声でリルンと話すことはできないのだ。

フィーネがいるならそこまで気にする必要もないが、今はラトと近くの屋台を見に行っている。

『もう少しで一になるだろう。ただ今のエリクは、なんとか剣に振り回されてはいない程度だ』

「先は長いな……もっと頑張るか。というかリルンは、剣を使わないのによく教えられるよな」

『ふんっ、我は神獣だぞ？　そのぐらいの知識があるのは当たり前だ』

「やっぱり神獣は凄いんだな」

素直にそう呟くと、リルンは嬉しそうに尻尾を振って少しだけ顎を上げた。そして気分が乗ったからか、いつも以上に鍛錬の内容が厳しいものに変わる。

そんなリルンになんとかついていき……ヘロヘロになったところで鍛錬は終わった。

「あっ、二人とも終わった？」

『ただいま～！』

ちょうどフィーネとラトが戻ってきたらしく、肩で息をしているところに声をかけられる。

「ああ、今ちょうど、終わった」

「ふふっ、頑張ったって感じだね。……はいエリク、私の奢《おご》りだよ」

そう言ってフィーネが差し出してくれたのは、美味しそうなフルーツジュースだ。

「もらっていいのか？」

今の俺には一番嬉しいものと言っても過言ではなく、ゴクリと喉が鳴る。

「もちろん。はい、リルンにもパンのお土産ね」

『おおっ、気が利くではないか』

リルンがパンに飛びついたのを見て、俺もフルーツジュースを受け取った。

「ありがとな」

「ううん、仲間だから当然だよ」

近い距離で俺の顔を見上げながら、そういう言葉を伝えられると、つい照れてしまう。

自分の頬が鍛錬によるものじゃない熱を帯びたのが分かったところで、それを冷ますためにもフルーツジュースをゴクリと喉に流し込んだ。

「おお、いい飲みっぷり。さっき私もちょっと味見したんだけど、爽やかで美味しいよね」

フィーネの言葉に、俺の体が固まる。

味見したって、どういうことだ？　フィーネはカップを持ってないし、自分の分を買ったなら味見したとは言わないだろう。

もしかして、間接キ……

そこまで考えたところで、俺は自分の頭を思いっきり横に振った。

危ない、なんてことを考えてるんだ。普通に屋台で味見させてもらえたんだろう。そうだ、そうに違いない。

仲間であるフィーネに対して申し訳ない想像を必死に掻き消していると、フィーネが笑い声を漏らすのが聞こえてきた。

「……フィーネ？」

「ふふっ、ご、ごめん。ちょっとエリクが可愛くて……」

「もしかして、さっきの言い方はわざとか……？」

「いや、全然そんな意図はなかったんだよ？　でもエリクが固まったところでピンと来ちゃって、面白いかなってそのままエリクのこと観察してた……のは、否定できないかも」

そう言って笑うフィーネは凄く楽しそうだ。

フィーネって結構、こういうところあるんだよな……

正直俺としては、フィーネが楽しいなら何でもいいかと思う部分もあるのだが、いつもフィーネに翻弄されてるのも癪《しゃく》なので少し反撃に出る。

「フィーネ、俺も普通に男だからな」

ぐいっと顔を近づけてそう伝えると、フィーネはぱちぱちと目を瞬かせた。少しでも照れてくれたら……なんて考えていたが、フィーネは可愛らしい笑みを浮かべる。

「そうだね。もちろん分かってるよ」

小首を傾げながらそう言ったフィーネは、パッと俺から距離を取ると、二人で話をしていたラトとリルンの方に向かって行ってしまった。

俺はそんなフィーネを呆然と見送り、さっきの言葉ってどういう意味なんだ……!?　と一人で悶々《もんもん》と考える。結局、フィーネの方が一枚上手《うわて》だった。

しばらくベンチで休憩をして鍛錬の疲れが癒えてきたところで、フィーネが立ち上がった。

「そろそろギルドに行こうか。依頼達成の報告をしないとね」

今日は街に帰ってきたのがちょうどギルドが混む時間帯だったので、ギルドへの報告は後回しにして、昼食や鍛錬の時間としたのだ。

「そうだったな。領主様からの言伝が来てるかどうかも確認しておこう」

そうして四人でギルドに向かって依頼達成の報告を済ませ、言伝の確認をすると……受付の女性からは、いつもと違う言葉が返ってきた。

「領主様からの言伝が届いております。三日後の午前十時に領主邸に来て欲しいとのことです。今回の事件に関わられた皆さんが呼ばれておりますので、午前九時過ぎにギルドから馬車を出すことになりました。その時間までにはギルドにお越しいただくようお願いいたします」

ちょうど言伝が来ていたらしい。

それにしても三日後か。意外とすぐだな。

「分かりました。ありがとうございます」

用件を終えたのでギルドを出ると、フィーネが何かを探すように周囲を見回し始めた。

「どうしたんだ？」

「三日後の朝、馬車で送ってもらえるって話だったでしょ？　その馬車が今ギルドにあるなら、見ておきたいと思って。スモールホースだとリルンを怖がっちゃうから」

「そういうことがあるのか。確かにリルンは強いからな」

魔物はリルンの強さを敏感に感じ取れるのかもしれない。

「うん。ブラウンホースなら大丈夫なんだけどね」

馬車を引く魔物は三種類いて、スモールホースは基本的に街中限定の小さな馬車を引く魔物だ。路地にも入っていけるところが利点で重宝されている。

ブラウンホースは馬車を引く魔物の中で最も一般的で、重いものを運ぶのが得意な魔物だ。長距離を行く馬車は、ほぼ全てブラウンホースが引いていると言っても過言ではない。

そして最後、ホワイトホースは馬車を引くというよりも、騎乗する魔物として重宝されている。ただ真っ白な毛並みが綺麗なことから、王族や貴族の馬車を引く魔物に選ばれることもあるらしい。

「あっ、あっちに厩舎《きゅうしゃ》があるかも。ちょっと聞いてくるね」

ギルドの裏に駆けていったフィーネは職員に話を聞くことができたみたいで、安心したような表情で戻ってきた。

「エリク、この街の冒険者ギルドが所有してる馬車は、全部ブラウンホースが引くんだって」

「良かった。それならリルンも大丈夫だな」

「うん。これで当日の心配はなくなったかな」

そうしてギルドでの予定を全て終わらせた俺たちは、皆で屋台やお店を見て回りながら、ゆっくりと宿へ戻った。


三日後の朝早く。俺たちは宿で忙しく準備を済ませ、早めにギルドへと向かった。

すると午前九時前には、あの日の事件の当事者全員がギルド前に集まっていた。

やっぱり他の皆も緊張しているみたいで、特におじさん二人はほとんど寝られなかったそうだ。

ハンス、カイ、ローマンの三人もかなり緊張しているらしく、動きがぎこちない。

そんな中、ゲルトさんに先導されて全員で馬車に乗り込むと、さっそく馬車は動き出した。ギルド所有の馬車はかなり大きく頑丈で、乗り心地は悪くない。

「今日はあの日の事情聴取だ。実際に起こったことを包み隠さず話せば問題はない。領主様に嘘は厳禁だから、そこは気を付けろよ」

ゲルトさんのその言葉に全員が神妙な面持ちで頷き、馬車内は異様な静けさに包まれたまま街の中を進んだ。

ちなみにリルンは馬車には乗り込まず、横を並走している。ラトはいつでもマイペースなので、フィーネの膝の上で爆睡中だ。

ラトってフィーネを完全に信頼してるよな……そうじゃなければ、仰向けで寝ることなんてできないだろう。この無防備なところも本当に可愛い。

そんなことを考えていたら、ローマンが沈黙を破った。

「あの、その魔物ってスクワールですか？　凄く可愛いですね」

スクワールとは、ラトにかなり似たリス型の魔物のことだ。基本的にラトについて聞かれた時には、スクワールで通している。

「そうだよ。毛並みが凄くふわふわなの。触ってみる？」

「いいんですか！」

「うん。でもちょっと待ってね。ラト、起きられる？」

フィーネがラトのお腹をこしょこしょと指先で撫でると、ラトの尻尾がぴくっと動いて閉じていた瞼《まぶた》が開いた。

『フィーネ、どうしたの？』

「あっ、起きたみたい。ローマンに触らせてあげてもいいかな」

『僕の毛並みを堪能したいの？　しょうがないなぁ～』

周囲から不自然に思われない程度にフィーネが話しかけると、ラトは満更でもない様子でフィーネの膝の上に立ち上がる。

「ふふっ、いいみたい。優しく触ってあげてね」

フィーネは両手に乗せたラトを、右隣に座っていたローマンの前に移動させた。すると、ラトは自らの毛並みを自慢するように、ローマンを上目遣いで見つめる。

そんなラトに頬を緩めたローマンは、緊張の面持ちでそっとラトの背中に触れた。

「うわぁ、ふわふわですね」

「そうでしょ？　気持ちいいよね」

『僕の毛並みなんだから当然だよ！』

「本当に可愛いです」

ローマンが優しい手付きでラトの背中を何度も撫でていると、ローマンのことを羨ましげに見つめていたハンスが身を乗り出す。

「お、俺も触っていいか！」

「もちろんいいよ。カイも触ってみる？」

触りたいと思っているが言い出せない様子のカイにもフィーネが声をかけると、カイは思わず笑ってしまうほどの速度で頷いた。

そして三人で一緒に、ラトの背中にそっと触れる。

「うわぁ、やべぇ」

「これは凄いな……」

「なんだか気持ち良さそうにしてるよ」

「ははっ、本当だな」

それからはラトと三人のおかげで穏やかな空気が流れ、緊張感はいい感じに解けて馬車は領主邸に向かった。

領主邸に着いて馬車から降りると、使用人の服を着こなした男性が出迎えてくれる。

「皆様いらっしゃいませ。どうぞ中へお入りください」

男性に案内されたのは、落ち着かないほど豪華な部屋だった。

高そうなものがたくさんあって、いるだけで緊張するような部屋だ。領主様が座るのだろう豪華なソファーの向かいに椅子が並べられていて、俺たちはそこに座るらしい。

ちゃんとリルンが寝そべることができそうなクッションと、ラト用なのだろう小さなクッションも準備されていた。

「旦那様がいらっしゃるまで、こちらでお待ちください」

案内してくれた男性が部屋から出ていくと、入れ違いにメイド服を着た女性が二人、部屋に入ってくる。慣れた手つきでお茶を淹れてくれて、部屋にはいい香りが漂った。

「ミルクと砂糖はいかがいたしますか？」

「えっと……ではミルクだけ」

ゲルトさんが最初にそう返答したので、どう答えるのが正解なのか分からない俺たちは、全員ゲルトさんと同じように伝える。

「どうぞお召し上がりください」

「ありがとうございます」

それから緊張のあまり味がよく分からないお茶を飲みながら待っていると、しばらくして部屋の中に豪華な服を着た男性が入ってきた。

俺たちが慌てて椅子から立ち上がると、男性は笑顔で座ったままでいいと合図をしてくれる。この人が領主様なのか……優しそうな人だな。

領主様はソファーに腰かけると俺たちの顔を順に見回して、笑顔で口を開いた。

「待たせたね。私は国からこの街を含めた一帯の統治を任されている、ジーモン・ネルツィーザという者だ。今日は集まってくれてありがとう。さっそくだけど、君たちにはブラックウルフが現れた事件について話を聞きたいんだ。まず最初に遭遇したのは誰かな？」

領主様のその問いかけに、緊張している様子ながらもハンス、カイ、ローマンが手を挙げた。

「ありがとう。では遭遇時の状況を聞かせて欲しい」

「わ、分かりました。あの日はギルドの昇格試験を受けていて、三人で街のすぐ近くにある森に入ったんです」

それから俺たちは当時の状況をかなり細かく聞かれ、数十分かけてあの日に起こった全てを領主様に伝えた。

領主様は俺たちの話を全て聞き終えると、まずはフィーネに向かって口を開く。

「ブラックウルフを倒してくれてありがとう。君が倒してくれなければ、被害が拡大するところだったよ」

「いえ、あの、私は冒険者ですから当然のことです。倒せて良かったです」

フィーネは突然領主様に感謝を伝えられて困惑しつつ、なんとかそう返した。すると領主様はにっこりと笑みを深めて、今度は俺と治癒院で働いていたというおじさんに視線を向ける。

「君たちは怪我人の治癒をありがとう。犠牲者がゼロで事態が収束したのは君たちのおかげだ」

「い、いいえ、私は特別なことはしていません。エリクが強回復薬を持っていたからこそです」

「強回復薬は君が作り出したんだったかな？」

「はい。私が錬金しました。冒険者になる前は、錬金工房で六年間働いていましたので」

その返答に、領主様は俺の目をじっと見つめて動きを止めた。

これはなんの時間だろう……何も変なことは言ってないよな？

不安に思っていると、領主様がまた口を開く。

「また強回復薬を作ることはできるかい？」

「……実はもう一つ作ることができまして、鞄の中に持っています」

「ほう、見せてもらえるかな」

「もちろんです。あっ、でも鞄はこの部屋に入る前に預けてしまって」

「ああ、そうだったね。すぐに持ってこさせよう」

ここまで案内をしてくれた男性が持ってきてくれた鞄から強回復薬を取り出すと、領主様はそれを受け取ってじっと見つめた。

強回復薬は、領主様なら手に入れることもさほど難しくないはずだが、なんでここまで興味を示しているんだろうか。

「鑑定をしてもいいかい？」

「はい、もちろん構いません」

俺が頷くと、強回復薬は使用人の男性によって部屋の外に運び出され、領主様はそれを見送ってから俺に視線を戻した。

「強回復薬を作れるということは、君は錬金が得意だということだね？」

「そうですね……得意ではあると、思います。ただ私よりも錬金技術が高い方は、たくさんいると思いますが……」

「それならば、なぜ君は強回復薬を高頻度で作れるのかな？」

「……それは多分素材かと。私は冒険者でもありますので、自ら品質のいい素材を手に入れることができ、さらには一番新鮮な採取直後に素材を処理することもできます」

スキルのことはできれば明かしたくないので、嘘はつかないようにそんな言い方をすると、領主様は納得してくれたのか大きく頷く。

「確かにそれは大きな利点だね」

そこまで話をしたところで、さっきの男性が部屋に戻ってきた。

強回復薬と一枚の紙を、領主様に手渡す。

こんなに早く鑑定が終わるってことは、領主様にはお抱えの鑑定員がいるってことか。さすが貴族様だな……

　そんなふうに感心していると、鑑定結果を真剣な表情で見つめていた領主様が顔を上げた。

「確かに強回復薬のようだね。――エリク、君の錬金の腕を見込んで頼みたいことがある。このあと別室で話をしてもいいかい？」

「べ、別室で、ですか？」

　それって頷いてもいいのだろうか。領主様はいい人そうに見えるが、別室に俺だけ連れていかれるのは少し怖い。

　ただ、領主様からの頼みなんて断れないし……

　どうすればいいのか分からず固まってしまうと、領主様は機嫌を悪くすることもなく、俺の懸念を取り払ってくれた。

「君の仲間の同席も構わないよ。内容的には君たちパーティーへの依頼ということになるからね」

「……ありがとうございます。では別室に伺います」

「フィーネもいいかな？」

「は、はい。もちろんです」

　俺たちが頷いたのを確認した領主様は、にっこりと優しい笑みを浮かべて立ち上がる。

「では、エリクとフィーネはついてきて欲しい。従魔も一緒で構わないよ。他の皆は、今日はもう解散となる。集まってくれてありがとう」

「かしこまりました」

ゲルトさんが代表して返事をしたところで、領主様は部屋を出ていった。

俺たちはすぐに使用人の男性に案内されてその後をついていくことになり、他の皆に軽く挨拶をして部屋を出る。

次に入った部屋は、さっきよりもさらに豪華な部屋だった。

「そこのソファーに腰かけてくれるかい？　従魔は絨毯《じゅうたん》があるから床で大丈夫かな。もしクッションが欲しければ、準備させよう」

「い、いえ。絨毯で十分です」

フィーネは慌てて答え、リルンをソファーの横に座らせた。ラトは肩の上で、自身も示されたソファーに腰かける。

「うわぁ……」

フィーネから小さな声が漏れたのを聞きながら、俺も隣に腰かけた。

すると予想以上に座面が沈み込み、後ろに倒れそうになる。豪華なソファーって、安いソファーと全く違う。もう別物だ。

ふにふにとした気持ちいい感触の虜《とりこ》になっていると、領主様が口を開いた。

「突然別室に呼んでしまってすまないね。君たちの不利益になるような話ではないから、安心して欲しい。君、二人にお茶と菓子を出してくれ」

「かしこまりました」

それから俺たちの目の前には、さっき出されたものとは比べ物にならないほど高そうなカップに入ったお茶と、五種類もの菓子が並べられた。

「どうぞ食べてくれ。まずは一息つこう。もちろん従魔にあげても構わない」

領主様によるもてなしに、嬉しさよりも困惑や恐怖が勝ってしまう。

確かパーティーへの依頼って言ってたはずだが、何を依頼されるのだろうか。というよりも、何で俺たちだったのか。

色々と不安に思いつつ、一つの菓子に手を伸ばす。クッキーのようなそれを口に運ぶと、あまりの美味しさに驚いた。

「美味しい、です」

「本当だね……」

フィーネも同じものを食べたようで、目を見開いている。

『それ、木の実が入ってるよね！　僕も食べたい！』

『クッキーならば我も食べよう』

全く緊張もしてなさそうな二人の声が聞こえてきて、何だか少し気が抜けた。

「フィーネ、俺がラトにあげるよ」

リルンはフィーネ側にいたのでそう声をかけ、フィーネの肩の上からラトを俺の膝の上に移動させる。そして二人にもクッキーを渡して、満足そうな表情に俺が苦笑を浮かべていると、やっと本題に入るのか領主様が居住まいを正した。

そこで、俺たちも背筋を伸ばす。

「では、そろそろ本題に入ろうか。――君たちに頼みたい依頼は、特化型回復薬の作製だ。私の娘の病気を治す回復薬を、作ってもらいたい」

領主様はさっきまでの優しい笑みを消して、真剣な表情でそう告げた。

その依頼内容を聞いて、俺は一気に緊張が高まる。だって領主様の娘さんって、貴族子女ってことだ。そんな人の生死が俺によって左右されるかもしれないなんて、考えるだけで倒れそうになる。

「娘の病気は睡氷病《すいひょうびょう》だ。知っているか？」

「……聞いたことはあります。眠っている間に体が氷になってしまう稀有《けう》な病気だと」

「その通りだ。娘がこの病気を発症したのは約半年前、罹患例《りかんれい》は数えられるほどしかなく原因は分かっていない。だが過去の文献や王宮に保存されている文献、外国の文献も探って調べたところ、治療法と思わしきものを発見することができた。それが錬金によって作られる、特定の病気にのみ効果を絞った特化型の回復薬だったのだ」

ということは、その錬金レシピは、領主様が必死に探してやっと見つけ出せるほどに希少なものってことだ。

そんなものを、俺が錬金するのか……

「他の錬金術師に、そのレシピの錬金は頼まれなかったのですか？」

「もちろん頼んだ。王都で高名な錬金術師や我が家で雇っている錬金術師、王宮お抱えの錬金術師にも頼んだ。しかし誰もがこのレシピでは成功しないと言うのだ。そこで途方に暮れていた矢先、君が現れたというわけだ。強回復薬を作れるほどの実力者で、さらには今まで頼んできたどの錬金術師とも違う、冒険者の錬金術師。私は最後に君にかけたいと思った」

「最後というのは……」

聞きたくないと思いつつ、期限を知るためにもこの質問をしなければならず、俺は重い口を開いた。すると領主様は表情を暗くして、さっきまでよりも小さな声で呟く。

「……娘の病状は、日に日に進行している。できる限り起きているようにと手は尽くしているが、気絶するように眠ってしまい、その間に体が凍っていくのだ。起きている間に少しずつ氷は溶けるのだが、それよりも凍っていくペースの方が早い。――睡氷病は、心臓に氷が届いたところで死に至るらしい。娘の氷はすでに腹の辺りにまできている。このままのペースでは、あと一ヶ月ほどだろう」

領主様はそこまで説明すると、耐えきれないように涙を溢した。

あと一ヶ月なんて、俺にできるのだろうか。

ただ俺の力で命を救える可能性があるのなら、やるしかない。

俺は拳をキツく握りしめて、領主様に視線を向けた。

「その依頼、受けさせていただきます。最善を尽くします」

「本当かっ！　ありがとう。本当にありがとう」

それから俺たちは睡氷病の特効薬になると言われているレシピ、さらにはその素材を受け取り、報酬についての話を聞いてから領主邸を後にした。

# 第六章　素材採取

宿屋に戻ってきた俺たちは、俺の部屋に集まって今後についての話し合いをすることになった。

リルンは部屋に入れないので、あとで結果を伝える予定だ。

「凄いことになったな」

「本当だね……エリク、錬金は成功しそうなの？」

「いや、多分もらった素材でレシピ通りに錬金しても成功しないと思う。それで成功するなら、他の錬金術師がすでに成功させてるはずだ」

レシピによると、錬金にはかなり細かい工程が必要だが、必要な素材はそこまで多くなかった。

魔力水を作るところまでは他の錬金と同じで、その後に入れる素材は五つ。

ヒーリング草と光草、そして熱草《ねつくさ》、サフラルの花、クルの実だ。

ただ、このレシピが正しいかどうかも定かではない。

領主様曰く、他国の文献を漁っている時に見つけたらしいが、完璧に正しければ他の錬金術師が成功させているはずなんだ。

だから、何かが違うんだと思う。それを俺が見つけ出せるかどうか……

「素材の品質の問題なら楽なんだけどな」

かなり希少な素材だが、俺のスキルがあればこれらの下位種を端から変質させていけば、手に入る可能性は高いだろう。

「エリクはこの三つの素材を知ってるの？　私は名前も初めて聞いたんだけど」

「一応、熱草とサフラルの花は知ってるな。　ただ実物を見たのは今回が初めてだ。そしてクルの実は、俺も初めて聞いた」

『エリク、そのクルの実ってやつ見せてくれる？　ちょっと気になることがあるんだ』

俺とフィーネがクルの実を覗き込んでいると、ラトがフィーネの肩からテーブルの上にポンッと飛び降りた。

「もちろんいいが、何か知ってるのか？」

『うん。クルの実は実物を見たことがあるよ。あんまり美味しくないから、僕は好きじゃないんだけどね』

そう言いながらクルの実を両手で抱えたラトは、いろんな角度からその実を見て大きく頷く。

『やっぱり、僕の知ってるクルの実と同じみたい。でもこれ、すっごく処理が悪いよ。クルの実は特殊な処理をしないと、採取して数十分でダメになっちゃうんだ』

「……その処理の方法、知ってるのか？」

『もちろん！　それをやったら美味しくなるかなぁって試したことがあるんだ。結局はそこまで好

173　外れスキル持ちの天才錬金術師

みの味じゃなくて、それ以来食べてないんだけど』

俺はラトのその言葉を聞いて、一気に心が浮き立った。錬金が失敗する原因がクルの実だとしたら、特殊な処理をしたクルの実を使えば成功するかもしれない。

「ラト！　本当にありがとう！」

『僕、役に立った？』

「大活躍だ！」

ラトを両手で抱いて目の前に掲げると、ラトは嬉しそうに笑って尻尾をピンッと伸ばした。

「さすがラトだね。ありがとう」

『えへへ、木の実のことならなんでも知ってるよ！』

フィーネにも褒められて大満足のラトは、俺の手からフィーネの肩に瞬間移動すると、頬にギュッと抱き付く。

「ふふっ、ラトくすぐったいよ」

そう言われるとよりくっ付きたくなるのか、尻尾もフィーネの頬に擦り付けた。

「ちょっとラト、ふふっ、ははは
っ、くすぐったいって」

それからしばらくラトとフィーネが戯れて、やっとラトが満足したところで、俺は特殊な処理の方法を聞いた。

「ラト、その特殊な処理について教えてくれるか？」

俺の言葉に大きく頷いたラトは、フィーネの肩からテーブルの上にもう一度飛び降りる。

『もちろんいいよ！　クルの実は採取してすぐに氷水で冷やすんだ。十分ぐらいが目安で、しっかりと冷えたら砂の中で保存するんだよ。それで半年ぐらいは品質が劣化せずに保たれると思う。砂は不純物ができる限り少ない、粒子が細かいやつにしてね』

氷水と砂か……砂は問題ないが、氷水は少し工夫しないとダメだな。何か密閉できるような容器にたくさんの氷を入れて、溶けないようにして運ぶしかないだろう。

ただそれにしても長時間は無理だ。クルの実に変質する木の実を探し出すのが先かな。

「フィーネ、素材採取に行きたい。手伝ってもらってもいいか？」

「もちろんだよ。基本的にはエリクへの依頼だけど、私たちパーティーへの依頼って形だからね。私も最大限に助力するよ」

「ありがとう、助かるよ。じゃあ、まずはクルの実の採取に行こう。ついでに他の二つの素材も俺が変質させた、品質がいいやつを手に入れられたらいいんだが……そういえばラト、他の二つの素材の品質は分かるか？」

クルの実に詳しいラトならと思って質問すると、ラトらしい答えが返ってきた。

『僕は木の実以外は全く分からないよ』

ラトの答えを聞いて、俺とフィーネは顔を見合わせて苦笑を浮かべる。

確かに思い返してみれば、ラトが他の植物に興味を示したところは見たことがない。

「リルンはどうだろうな」

「聞きに行ってみようか。もしかしたら、何か知ってるかもしれないよ」

「そうだな。ラトも行くか？」

『もちろん！』

瞬間移動でフィーネの肩の上に移動したラトを確認してから、俺たちは宿の部屋を出て従魔用の小屋に向かった。

「リルン、起きてる？」

フィーネが中に向かって声をかけると、大きく欠伸《あくび》をしながらリルンが顔を出す。

『なんだ？　どこかに行くのか？』

「ううん、ちょっとリルンに聞きたいことがあるの。この素材について知ってる？　素材の質が高いかどうかを知りたいんだけど」

フィーネが両手に素材を広げてリルンに見せると、リルンは素材を端から確認して匂いを嗅《か》いでいった。そして興味を示したのは熱草だ。

『これは知っているぞ。熱草だったな。ただその熱草は、我が知っているものと色が違う気がするが……保存状態が悪いんじゃないのか？』

おおっ、重要な情報が出てきた。やっぱり神獣って凄いな……ポロッと話す内容が、普通では知り得ないことばかりだ。

「リルンが知ってる熱草ってどういう色なんだ？」

期待しながら聞くと、リルンは昔を思い出すように宙を見つめてからゆっくりと口を開いた。

『もっと鮮やかな赤だったたな。これはくすんでいるだろう？　確か……採取してから寒いところに置いておくとこうなるんだ。日の光で熱くなった石の上などに置いておくと、鮮やかなまま保たれる』

「熱草は熱いところで保存しないと質が落ちるってことか」

『多分そうじゃないか？　我は素材の質は分からんがな』

確定ではないが、これは試してみる価値がある情報だな。熱の近くで保存することが大切なら、簡易コンロを持っていって石を焼けばなんとかなるだろう。

「リルン、助かる。ありがとな」

『ふんっ、我は神獣なのだから当然だ。これからも分からないことがあれば聞くといい』

リルンは頼られて嬉しかったのか、得意げに顎をツンッと上げて尻尾を振った。

これで熱草とクルの実は高品質なものが手に入る。

あとはサフラルの花だが……とりあえず採取し直して、一般的な保存方法を試すしかないか。

それでダメだったらまた考えよう。時間がないから悩んでばかりいるより行動しないとだ。

『これらの素材を採取しに行くのか？』

「その予定だ。ただどこに行けば手に入るのかが問題で、どの素材を変質させればいいのか調べないといけない」

「そこが一番難しいよね……図書館にでも行く？　植物図鑑で似た種類の植物を調べれば、闇雲に変質させるよりは早いんじゃないかな」

「確かにそうだな。じゃあ、今日は図書館に行って調べることにしよう。それで採取は明日以降だな」

これからの方針が決まったところで、俺たちは皆で宿の敷地を出て図書館に向かった。

次の日の朝。俺たちは日が昇る頃に街を出て、遠くにある山に向かった。時間を短縮するために途中までは遠距離馬車に乗ってきたので、昼前の時間ですでに山の麓に着いている。

「まずは、この山の中腹にあるリネの花と火炎草が狙いなんだよね」

「ああ、それがダメだった時のために他にもいくつか候補を調べたが、一度で上手く変質したらいいな……」

ただ、領主様が調べても正しい保存方法さえ分からないような希少素材だ。そう上手くは手に入れられないだろう。

「あんまり、時間をかけられないからね」

「そうなんだよな……。三つの素材に変質する元の植物を見つけて、それから正しく保存するための道具を得るためどこかの街や村に向かい、もう一度採取に行って、街に戻って錬金をする。それぞれに必要な時間を考えると、元の植物を見つけるのは一週間以内に済ませたい」

簡易コンロと砂は持ってきてあるが、氷水はどうしても溶けてしまうので、素材を発見してから人が暮らす場所に行く必要があるのだ。

一応クルの実が手に入るだろう場所に近い村で入手する予定だが、村には魔道具がないことも考えられるため、氷がなかったら遠くの街に向かわないといけない。

そう考えると、どんどん月日が経っていくな。一ヶ月なんてあっという間だ。

『エリク、火炎草とリネの花ってどういう形だっけ？』

ラトの疑問に、昨日見た図鑑を思い出す。

「火炎草は地面に生えてて、手のひらサイズの小さな草だな。炎が燃えるような特殊な形をしていて、色は黄色っぽいらしい。リネの花は俺たちの背丈ぐらいの木に咲く小さな花で、色は白だそうだ」

『その花は今の時期に咲いているのか？』

今度はリルンからの質問が飛んできた。

「ちゃんとこの時期に咲いてるやつを選んだから、図鑑が間違ってなければ見つかるはずだ」

俺の返答を聞き、リルンは鼻をくんくんと動かし、何かを探すような仕草を見せる。

「匂いで分かるのか？」

『いや、その花は見たことがあるような気がするんだ。なんとなくその時の記憶にある匂いを探ってみよう』

おおっ、それはありがたい。リルンの鼻はかなり利くから期待できる。

「ありがとう。本当に助かる」

『じゃあ、僕は火炎草を探すね！　背丈が低い草は、僕が地面に降りると探しやすいからね』

「ラトもありがとな」

やる気十分な様子でフィーネの肩から腕を伝って地面に降りたラトは、右に左にとかなりの速度で動き始めた。

神獣がこうして協力してくれると、なんだか上手くいく気がしてくる。

俺も頑張って探そう。改めて気合を入れて、周囲の植物に視線を向けた。

すると、フィーネが声をかけてくる。

「エリク、この辺のあまり見たことがない植物を変質させてみない？　もしかしたら、目的のものになる可能性もあるでしょ？」

その提案は確かに試す価値があるもので、俺はすぐに頷いた。

「そうだな。じゃあ、この草から……」

それから俺たちは山を登りながら、ひたすら目的の植物を探して歩いた。しかし一時間ほどが経過しても、目的の植物は見つからない。

「やっぱり難しいな……」

「予想はしてたけど、予想以上に見つからないね」

『全然ないね～』

『覚えのある匂いもしないな』

このまま時間だけが過ぎていけば、すぐに治療が間に合わなくなるだろう。

どうすればいいのか、このままの方針でいいのか、そんな悩みが俺の中に生まれたその時。視界の端に、白い花が映った。

少し遠い場所にあるが、確かに図鑑で見たリネの花にそっくりだ。

「あった！　多分あったぞ！」

俺は興奮して、すぐリネの花に駆け寄る。草木が生い茂っているが、ここまでの道中でもう慣れたものだ。上手く掻き分けてリネの花に手を伸ばし――た瞬間に、体がふわっと浮かび上がったような感覚がした。

しかしすぐ気付く。落ちてる……！

デカい穴でもあったのか、ちょうど崖だったのか分からないが、垂直に落下していく。無意識に目を閉じて体を固くすると、ポヨンッと何か柔らかいものに体がぶつかった。

「うわっ、な、何だこれ……っ」

柔らかい何かにぶつかった反動で、また体は宙に投げ出され、それを何度か繰り返すうちに、柔らかい何かに着地する。

これは、助かったのか……？　この柔らかいのは何だ？

何だか嫌な予感を覚えながら、目を見開くと……目の前には、巨大な蛇型の魔物がいた。俺が乗っているのは、蛇の胴体だ。

薄暗い中でもはっきりと確認できた現状に、思いっきり叫ぶ。

「ぎゃあぁぁぁぁ!!」

もう恥も外聞もなく、とにかく恐怖心から叫んだ。そして腰に差してあった剣を抜き、一心不乱に振り回す。

「助けてくれっ！　こっちに来るな！　やめろ！」

こんなに巨大な蛇、俺なんて丸呑みされておしまいだろう。

「リルン！」

居場所を伝えようと必死に叫びながら、喰われないように剣を振り回していると……蛇は鬱陶《うっとう》しそうに頭を動かし、巨大な口を開いた。

その口からは、長い舌がピロピロと飛び出してきて、ゾワッと肌が粟立《あわだ》つ。

「……っ」

怖すぎて、もう声も出ず、こんなところで死ぬのか……と思いながら、振り回す剣の向こうから近づいてくる蛇の顔を、呆然と見つめていると。

蛇の頭が、突然吹き飛んだ。

そして俺の前に降り立ったのは、白く輝くリルンだ。

いつも通りのリルンだが、俺の目には輝いて見える。

「リ、リルン……っ！」

安心感から涙が溢れてきて、慌てて拭った。

「助けに、来てくれたのかっ」

思わずリルンに手を伸ばすと、リルンは俺の手から逃れることはない。しかし顔を顰めて、低い声で言った。

『エリク、お主は弱いのだから勝手に走り出すような愚を犯すな』

リルンの言葉は尤もで、俺は謝ることしかできない。

「……本当にごめん。そして助けてくれて、ありがとう。リネの花を見つけて、つい気が焦ったんだ」

『そのリネの花だがな、ほぼ確実に幻覚だぞ。この蛇は名をホープスネークという。対象が一番欲しているものを、幻覚として見せるんだ。そしてその幻覚に寄ってきた獲物はホープスネークの思惑通り巣に落ちて、そのまま餌になる』

その説明を聞いて、俺は改めて自然の恐ろしさを実感した。

まさか、そんな魔物がいるなんて……本当にリルンが、皆がいてくれて良かった。俺が一人で冒険者をしていたら、もう死んでたかもしれない。

「……これからは気を付ける」

『そうするんだな。そしてエリク、いくら剣の鍛錬をしたところで、緊急時に振り回すことしかできないのなら意味がないぞ。もっと鍛錬を厳しくする』

「うっ……」

痛いところを衝かれて、何も言えなかった。

実際に命の危機が迫っていると実感し、恐怖に心を支配されたら、もう鍛錬の内容なんて完全に頭から飛んでいたのだ。

まだ考えずとも体が動くほどは、剣を扱う技術が身に付いていないということだろう。そして実戦経験も足りなすぎる。

「……よろしく頼む。それと、弱い魔物から実戦も重ねていきたい」

『そうだな。今回の依頼が終わったら、手始めにホーンラビットを相手にするといい』

そこまで話したところで、フィーネとラトの声が聞こえてきた。

「エリク、大丈夫⁉」

『怪我してない⁉』

上から聞こえてきた声に顔を上げると、ホープスネークの巣は結構な深さだと気付いた。

「リルンが助けてくれたから大丈夫だ！」

そう返答して手を振ると、二人からは安堵の声が返ってきた。

「良かった……！」

『もうエリク、心配したんだよ！』

「本当にごめん。すぐ上に行く……って言いたいところだが、これどうやって上に行けばいいんだろうな」

俺の力では登れそうにない、ほぼ垂直の竪穴《たてあな》だ。

「リルン、どうすれば……」

今後の相談をしようとリルンがいるだろう場所を振り返った瞬間、リルンに襟を噛まれた。そして思いっきり振り上げられて……

「うわっっ」

リルンの背中に着地する。

「リルン、何するんだ！」

『ふんっ、ちょっとした仕置きだ。では上に行くぞ』

「え、だからどうやって……」

またしても俺の言葉はリルンの動きによって遮られ、思いっきり地面を蹴ったリルンの背中に、俺は必死でしがみついた。

すると、リルンは身軽に垂直の壁を蹴り、俺を背中に乗せたまま地上に向かう。

リルンって、こんなことまでできたのか。

そう感心しているうちに、地上へと戻ることができた。

「はぁ……助かった」

リルンの背中から滑り落ちるように降りてから、大きく息を吐き出す。すぐ近くにある穴の入り口は、結構な大きさだった。

「エリク、大丈夫？」

フィーネが心配そうに手を差し出してくれて、俺はその手を取って立ち上がる。

「リルンのおかげで大丈夫だ。改めて、本当にありがとな」

『別に、我にとっては簡単なことだ。ホープスネークなど恐れるに足らん』

そんな素直じゃないリルンの体をわしゃわしゃと撫でていると、ラトが俺の肩に瞬間移動をした。

『もうエリクっ、勝手な行動は危ないよ！』

頬を膨らませて可愛く怒ってくれるラトに、思わず頬が緩んだ。

『エリク、僕は怒ってるんだからね！　僕はちょっと離れたところにいたから、すぐ気付けなくてエリクのことを助けに行けなかったし……もうエリクはずっと僕の近くにいて！』

「分かった。ラト、ありがとな」

ラトの頭を指先で撫でると、怒りは少し収まったようだ。ただ本当にラトの言う通り、街や村の外にいる時は、リルンとラトのどちらかの近くにはいようと思う。

「じゃあ、またリネの花と火炎草を探そうか」

フィーネがパンッと手を叩きながら空気を変えてくれて、俺たちは捜索に戻った。

ホープスネークとの戦闘からさらに一時間後。まだ何の成果もなかった俺たちに、リルンから朗報がもたらされた。

『ん？　この匂いは……リネの花かもしれんぞ』

その言葉に、俺たちはすぐ反応する。

「本当か！」

「どこにあるのか分かる？　結構近くなのかな」

『あっち？　こっち？』

そんな俺たちの問いかけに、リルンは鼻先である方向を指した。

『向こうだな。行くぞ』

リルンを先頭にしばらく進むと……確かに、リネの花が視界に映る。しかし俺は先ほどの失敗があるので、隣のフィーネに確認した。

「フィーネもあれが見えてるよな？　ホープスネークじゃないか？」

「ふふっ、見えてるから大丈夫だよ。それにホープスネークの幻覚なら、匂いはしないでしょ？」

確かにそうか。幻覚なら花の匂いがするはずもないし、そもそもホープスネークがいたらリルンの鼻で分かる……って、それならさっきは何で気付かなかったんだ？

そんな俺の疑問が分かったのか、リルンは俺のことをジトッとした眼差しで見つめてくる。

『我の鼻は利くが、魔物は基本的に人間より鼻が利くものだ。したがってホープスネークのように待ち伏せをするタイプの魔物は、匂いが少なく進化しているし、さっきのように土の下に隠れることで匂いが流れないようにしている。そういう場合は、かなり近くに行かない限り気付けないこともあるのだ』

常識だろう？　と言うような眼差しに、俺はつい頭を下げた。

「教えてくれて、本当にありがとうございます」

しっかりと感謝を伝えると、リルンは『ふんっ』と言ってリネの花の方に向かってしまった。そこで俺たちも追いかけると、俺の鼻でも僅かに匂いを感じられる。

「いい匂いだな」

そんな言葉を溢しつつ、しっかりと特徴を確認して……確信した。

「特徴が完全に一致してるな。これがリネの花で間違いない」

『やったー！』

まず喜んだのは、俺の肩の上にいたラトだ。続けてフィーネも安心したような笑みを見せる。

「リルン、さすがだよ。とりあえず目的の植物の一つ目、見つかって良かったね」

「本当に良かったな。リルン、ありがとう」

リルンはフィーネに耳の付け根を撫でられ、ご満悦な表情だ。顔が緩まないように頑張っているみたいだが、失敗しているのが面白い。

そんなことを考えていたらリルンにジロリと視線を向けられたので、俺は慌てて空咳をしてリネの花に手を伸ばした。

「じゃあ、さっそく変質させるか」

サフラルの花になってくれと心の中で祈りながら、ゆっくりとリネの花に触れると……小さな花はキラキラと光を放ち、黄色い花に変化した。

花の形や色合い、全てがサフラルの花と――一致する。

「……よしっっ！」

俺は思いっきりガッツポーズをした。さらに肩の上にいるラトは、飛び上がって喜ぶ。

『成功ってことだよね!?　やったやったー!!』

いくらラトが軽いとはいえ、肩の上で跳ねられると衝撃が凄い。

「ははっ、ラト、ちょっと落ち着け」

ラトを手のひらの上に移動させていると、フィーネが俺の両肩を手で掴んでぐいっとサフラルの花を覗き込んできた。

あまりの近さにビクッとしてしまったが、今回はフィーネには何の意図もないらしく、目を輝かせながら満面の笑みを浮かべている。

「エリク、やったね！　サフラルの花だよ！」

そんなフィーネに肩の力が抜け、ラトが乗っていない方の手をハイタッチするように立てた。

「やったな」

フィーネはその手に笑顔で自分の手を当ててくれる。

パンッと小気味いい音が鳴って、心が浮き立った。

『幸先いいな。我のおかげだぞ？』

そう言って自慢げに顎をツンッと上げるリルンには、街に帰ったらご褒美にパンをいくらでも買ってあげようと思う。

「じゃあ、さっそくたくさん採取をしようか」

「そうだな」

それから俺たちは、目に付く範囲にあるリネの花を端からサフラルの花に変質させ、採取と保存をした。

サフラルの花については、ラトとリルンから保存方法に関する情報を得られなかったので、一般的な方法だ。ただそれでも、変質させたことによって素材の質は上がっているはずだから、これで問題ないことを祈るばかりだ。

ちなみにその方法とは、紙束などで挟み込んで押し花にするやり方だ。それによって花の水分が程よく紙に吸収され、品質が落ちることなく保存できる。

「これで最後だね」

最後のサフラルの花を採取して、全てを鞄に仕舞った。

「そうだな。次に行こう」

『次は火炎草だよね！　こっちは僕が見つけるからね！』

リルンがリネの花を見つけたからか、最初よりも尚更、ラトは火炎草探しに気合が入っているようだ。

「ああ、期待してるな」

「ラト、頑張ってね」

『うん！　僕に任せて！』

それからはラトが地面に降りて先頭となり、俺たちはその後ろに続く形で、ひたすら山の中を歩き回った。

歩き始めてから数十分後、ラトが叫ぶ。

『あ、あ、あったーー!!』

突然の大声に、ビクッと体が震えてしまった。

「……びっくりしたな」

「ラト、私たちの耳がおかしくなるよ」

『耳鳴りがするぞ』

俺たちの言葉に、ラトは『えへへ』と頭を掻く。

『ごめんね、つい嬉しくて。エリク、火炎草を見つけたよ！』

改めてラトに報告されて、俺はラトがいる場所に向かった。そこには確かに、火炎草が群生している。

「さすがラトだな」

『まあね！』

小さな手で自分の胸をポンッと叩いたラトが可愛い。突然の可愛い仕草に思わず胸をグッと押さえていると、ラトが焦れたように俺のズボンの裾を引っ張った。

『エリク、これが熱草になるんだよね？』

「そうだな、品種的には近いはずだ。熱草になってくれたらいいんだが」

『じゃあ、さっそく変質させてみよう！』

ラトは熱草になることを疑っていないような、期待の眼差しを浮かべている。

これで違うものになったら申し訳ないな……そう思いつつ、ゆっくりと手を伸ばして火炎草に触れると、黄色っぽい火炎草が水色の草に変わった。

『これが熱草……？』

ラトの不安げな声に、俺は心を痛めながら首を横に振る。

「いや、違うな。確かこれは……氷草《こおりぐさ》だ」

違うという言葉にラトはあからさまに凹み、尻尾がへにゃっと下がった。そんなラトを見て、俺は慌ててラトを抱き上げる。

「火炎草はダメだってことが分かっただけで、かなりありがたいんだ。また次を試そう」

『……本当？』

「もちろんだ。見つけてくれてありがとな」

その言葉を聞いたラトはみるみるうちに顔を輝かせ、尻尾をピンッと立てた。

『次も僕が見つけるよ！』

「ははっ、期待してるな。じゃあ次は……空草《そらぐさ》を探すか」

空草も、昨日見た図鑑で目を付けていた植物だ。一応今までの道中でも探していたが、目に入ることはなかった。

「確か、日当たりがいいところに生えやすいんだよね」

フィーネの言葉に、俺は頷いて肯定する。

「そう説明には書かれてたな。だから……岩場とか岩壁が有力候補になると思う」

「そういえば岩場って、山の西側がそうじゃなかった？」

フィーネの言葉を聞きながら図書館で情報をメモしてきた紙を広げると、確かに西側に岩場ありと書かれていた。

「そうみたいだ。ちょっと向かう方向を変えるか」

「そうだね。ラト、向こうに行くよ」

『分かった！　あっちに空草があるんだね！』

『我が先頭を行こう』

そうして俺たちは空草を求めて、また場所を移動することになった。

西に方向を変えて約一時間、やっと岩場に辿り着いた。日当たりの良さは抜群で、見晴らしもいいことからすぐに空草を発見できた。

『僕が見つけるまでもなかったね……』

少しだけ落ち込んでいるラトを慰めながら全員で岩場に入り、天高く伸びている空草の下に向かう。

空草はまっすぐ空に向かって伸びていくことから、この名前になったらしい。

最大で俺たちの背丈ほどになるそうだ。ざっと見渡してみると、いくつか最大まで成長している個体がある。

「触ってみるな」

「うん。熱草になることを祈ろう」

『僕も祈る！』

皆で祈りながら、俺が空草に触れると――大きく伸びていた空草は、キラキラとした光に包まれながら、手のひらに乗るサイズに変化した。

鮮やかな赤色をしたその草は、熱草の特徴と完全に一致している。

「来たっ、熱草だ……っ！」

またしても思わずガッツポーズが出てしまうと、皆も同じように喜びを爆発させた。

『やったね！　これで二つ目だよ⁉』

『良かったな。これは我が知っている色だ』

「もう二つ目が手に入るなんて、凄く順調だよね‼」

フィーネとハイタッチをして喜びを分かち合い、ラトとリルンをわしゃわしゃと撫でてから、俺は熱草に向き直る。

「もらった熱草とは、全く違うな」

「本当だね」

リルンが言っていた意味が、今なら完全に分かる。この熱草に比べて、もらった素材は色がくすみすぎていた。

「さっそく採取をするか。ただその前に……」

保存をするための準備が必要だ。俺は簡易コンロを取り出して火を付けると、その上で石を熱した。

十分な熱さになったところで石を布袋に入れたら、採取の準備は完了だ。

「このぐらいで十分だな」

「うん。あとは常に石の温度に気を配って、熱し直さないとね」

それを忘れた瞬間に採取からやり直しなので、そこだけは気を付けようと思う。

「じゃあ、俺は空草を熱草に変質させていくな。フィーネに採取を頼んでもいいか？」

「もちろんだよ。たくさん空草があるから、手分けしてやっていこう」

『僕はエリクの護衛をするね！　何かあったら結界で守るよ』

『では、我は周囲にいる魔物を倒す。フィーネのことも守るので安心してくれ』

そうして役割分担をしたら、さっそく採取開始だ。

俺は次々と空草を変質させていき、フィーネは変質した熱草をナイフで採取すると、丁寧に薄い布に挟み込んで、石が入った布袋に仕舞っていった。

そうして採取を続けること数十分。途中から俺も変質ではなく採取に加わり、熱草が布袋に入り切らなくなったところで採取終了だ。

「これだけあれば十分だろう」

「うん。じゃああとは……クルの実だね」

フィーネの言葉に、ラトが首を傾げながら口を開いた。

『クルの実は何から変質するんだっけ？』

「第一候補はリュースの実だ。ただリュースの実はこの山になくて、ここから徒歩で十時間ぐらいの場所にある湖のほとりに群生してるらしいから、今日中には無理だな」

『そういえば、野営をするって言ってたもんね！』

リュースの実がある湖はかなり遠く、その途中に寄れるような街や村もないため、最初から野営をするつもりで準備をしてきたのだ。

いざ本当に野営をするとなると、この自然の中で一晩を過ごすことに躊躇いが生じるが、これから冒険者としてやっていくなら必要なこと。恐怖心や嫌悪感と闘いながら頑張ろう。

明日のために体力を回復させる必要があるため、絶対に寝なければいけない。寝られなかったら安眠効果のある植物を煮出して飲んで、それでもダメなら目元を石で温めるのがいいんだったな。

それから――

俺が野営について緊張しながら色々と考えていると、呑気なリルンの声が聞こえてきた。

『夕食が楽しみだな。さっきのコンロでパンを焼くぞ』

『僕は木の実！』

ラトも楽しそうに片手を上げて、野営を楽しみにしている様子だ。

そんな二人の空気感に引っ張られ、俺の野営に対する不安も萎《しぼ》んでいった。野営って、別にそこまで緊張することじゃないのかもしれないな……。

「二人とも、楽しそうでいいな」

思わずそんな言葉を溢すと、フィーネが苦笑を浮かべた。

「神獣は基本的に自然の中で暮らすものだから、二人は野営が好きなんだよね。私はできれば避けたいと思ってるんだけど、二人の要望で何度も野営をしたよ。でもそのおかげで慣れちゃって、もう野営でもぐっすり」

確かに言われてみると、神獣は基本的に人間と関わらない場所で暮らしてるんだったな。人間がいない場所となると、そんなの自然の中しかない。

「俺も早く慣れたいな……」

「大丈夫、すぐ慣れるよ。そのうちちょっとした虫とかは、素手でパチンッと潰せるようになるから。危険性もラトとリルンがいれば問題ないしね」

フィーネの逞《たくま》しい感じというか、どこでも生きていけそうだなって何となく思う部分は、こういう経験から滲み出ているのかもしれない。

「まずは今日の野営からだな」

「そうだね。じゃあ……まだ時間は早いし、少し湖に向けて進もうか。それでいい場所を見つけたら野営準備だね」

フィーネのその言葉に皆が同意をし、俺たちはとりあえず、湖がある方向に向けて足を進めた。

それから数時間、俺たちは野営にちょうどいい少し開けた場所を見つけ、野営準備をすることになった。俺は野営に関して完全に初心者なので、フィーネの指示に従う。

とはいえ、二人で持ち運べるだけの荷物しか持ってきていないので、準備といってもすぐに終わる内容だ。

まずは大きな石などを退《ど》かして地面をできる限り平らにしてから、小さく折り畳める寝袋を二つ取り出した。それを広げてから、虫などが入り込まないよう寝袋の入り口だけは折り畳んで塞《ふさ》いでおく。

準備はこれだけで済むこともあるが、夕食を作るとなると、その場所も作るそうだ。火をおこすなら石を組み立てて簡易的な調理台を作る必要があるが、俺たちには簡易コンロがあるので、平らな場所にコンロを設置するだけで終わる。

「これで終わりだよ」

「簡単だな」

野営のためにテントを持ち歩く人もいると聞いたから、そういう人は準備が大変なんだろう。俺たちは重くて荷物になるからと、テントは買っていない。

「特に準備するものもないからね。本当なら寝袋はすぐ逃げられないから推奨されてないらしいけど、私にはリルンがいるし、どうしても寝袋なしは嫌で使ってるんだ。エリクは実際に使ってみてから考えてね」

「分かった」

そうして準備を終えたところで、リルンが待ちきれない様子で簡易コンロの前に綺麗な姿勢で座った。

『早く夕食にしよう。我は腹が減ったぞ』

そんなリルンにフィーネが苦笑しつつ、鞄から食料を出す。

今回持ってきたのは、塩漬け肉と乾燥させた野菜、それから硬く焼かれたパンだ。もちろんラトの木の実は、いつでも持ち歩いている。

「じゃあ、まずはパンと木の実を焼こうか。それから塩漬け肉と乾燥野菜でスープを作ろうと思ってるんだけど、ラトとリルンは食べる？」

フィーネの問いかけに、二人は笑ってしまうほど早く首を横に振った。

『我はパンだけで十分だ』

『僕も木の実だけでいい！』

全くブレない偏食な二人に苦笑しつつ、フィーネはコンロに小さなフライパンを置く。いや、フライパンというよりも、中身が溢れないよう端が折り曲げられた鉄板という感じだ。

コンロの火を少し強くすると、さっそくパンが焼けるいい匂いが漂ってきた。

『素晴らしい香りだな！』

リルンがうっとりする中、俺はスープ作りのために木の器やスプーンを取り出し、塩漬け肉をナイフで食べやすく割いておく。さらに飲料水を取り出したら準備完了で、その頃にはちょうどパンと木の実が焼けたようだ。

木皿に載せて、フィーネが二人に手渡す。

「熱いから気を付けてね」

『うむ、問題ない』

『ちゃんと気を付けるね！』

二人が満足そうな表情で食事を始めたのを見て、俺たちは調理の続きをすることにした。

「じゃあエリク、まずは水を入れてくれる？　そして乾燥野菜も。塩漬け肉は沸騰してから入れた方が、美味しいんだよね」

「分かった。野菜は全部いいのか？」

「うん。使い切っちゃおう」

乾燥野菜はすでに調理済みと見なされるのか、素材として認識されないようで、俺が触れても変質はしないのでとても便利だ。塩漬け肉も同様で、調理に支障はない。

「そろそろ沸騰してきたかな……」

「じゃあ、塩漬け肉も入れるな」

そうしてスープ作りも順調に進み、俺たちも夕食だ。熱々のスープに焼いたパンを浸して食べると、かなり美味しかった。さらに体の中から温まり、疲れが癒えるような気がする。

「美味しいね～。簡易コンロ、最高だよ」

「今までの野営はどうしてたんだ？」

「私たちは火をおこすことはしなかったから、基本的には街で買ったパンをそのまま食べてたよ。

塩漬け肉を薄く切って載せながらね」

その食事を想像しながら目の前にある食事を見て、俺は一つの決意をした。

「野営の可能性がある時は、少し重くても簡易コンロを持ち運ぼう」

その言葉に、すぐ全員の同意が飛んでくる。

『エリク、それは素晴らしい決定だな』

『さんせーい！』

「そうだね。私も持ち運ぶの手伝うよ」

そうして俺たちの夕食は、とても賑やかに過ぎていった。


食事が終わったら片付けをして、熱草を保管する石を熱し直したところで、俺たちはもう寝ることにした。明日は日が昇る頃に起きて早朝から動き始める予定なのだ。

「見張りは一人だけで順番ね。私とエリクは見張り中に何かあったら、すぐリルンを起こす。ラトは結界で対処できそうならお願いね」

『うん！　任せて』

「分かった。リルン、大変だと思うがよろしくな」

リルンの負担が大きくて申し訳ないと思いそう告げると、リルンは『ふんっ』と鼻を鳴らした。

『何の問題もない。我は人間よりも様々な面で強いのだ』

「そっか。でも大変だったら言うんだぞ」

顔を背けているリルンの頭に手を伸ばすと、リルンは体をビクッと動かしながらも、俺の手から逃れることはしなかった。

そんなリルンの可愛さに思わずニヤニヤしていると、フィーネに苦笑を向けられる。

「じゃあエリク、最初の見張りをよろしくね。エリクの次は私で、その次はリルン、最後がラトだよ」

『はーい!』

『了解した』

順番を確認したところで、フィーネは慣れたように寝袋に入っていく。リルンは自分の好きな場所に丸まるように寝そべり、ラトは専用クッションの上だ。

『ふわぁぁ……じゃあ皆、おやすみ~』

さっきまで元気だったラトだが、突然眠気が襲ってきたようだ。目を擦りながらクッションにこてんと寝転がり、そのまま眠りに落ちた。

ラトは睡眠時間を多く必要とするらしいから、明日の移動中は昼寝をしてもらうのもありかもしれないな。

そんなことを考えながら、俺も見張り用に敷いておいた布の上に腰を下ろした。

暗い森に視線を向けると、何だか不気味で恐怖心が湧いてくる。

「夜の森って、静かになると怖いんだな」

もっと音がしているのかと思ったが、かなり静かだ。たまに風か虫か小さな動物か、ガサッと小さな葉擦れの音がすると、それがやけに響く。

「ダメだ、楽しいことでも考えるか」

気を紛らわせようと思い、これから俺のスキルで手に入るかもしれない希少素材を頭の中に思い浮かべた。錬金工房で働いていた時に、いつかは使ってみたいと思っていた素材を思い浮かべるだけで、何だか楽しくなってくる。

これらの素材全て、手に入る可能性があるんだから凄いよな。

手に入ったら何を錬金するか……錬金のレシピ本も今度買おうかな。それから素材に余裕があるなら、自分でレシピを編み出したい。

考え始めたら楽しくなり、俺は意識を周囲に向けつつも、楽しい妄想の時間を過ごした。

心配していた野営は大きな問題もなく終わり、朝になった。俺は最後の見張り担当だったラトに、頬をペチペチと叩かれて目が覚める。

まだ寝ぼけながら寝袋を出ると、ちょうどフィーネとリルンも起きたところだったようだ。

寝られるのかって心配していたが、寝袋に入ったら一瞬で寝落ちしたな……フィーネが言うように体全体が包まれる寝袋は、安心感が大きかった。

「うぅ～ん、もう日が昇り始めてるな」

伸びをしながら上を見上げると、木々の隙間から明るくなり始めている空が見える。

『うん！　そろそろ起きる時間でしょ？』

「ラト、ありがとね。私が寝てる間に何か問題はあった？」

フィーネの問いかけに、リルンが答える。

『一度だけ魔物の襲撃があったが、すぐに倒した。少し離れたところに運んでおいたぞ』

「えっ、本当？　リルンいつもありがとう」

魔物の襲撃があったのか。

その事実を聞いて、寝ぼけていた頭が一気に覚醒した。まだ山の中にいるんだから、気を引き締めないといけない。

「じゃあ、軽く朝ご飯を食べるか。石も熱し直さないとな」

フィーネが見張りの時に熱し直してくれたはずだが、もうそれも冷え始めているだろう。

「そうだね。じゃあエリクは石をお願い。私はご飯を作るよ」

それから皆で軽く朝食を取って、石を熱し直して、さらに寝袋などの荷物を片付けたところで、出発準備は完了だ。

「よしっ、湖を目指すか」

『うん！　今日も頑張ろうね』

『我が先頭を行こう』

「怪我には気を付けようね」

皆で声かけをしながら、昨日と同じように山の中を進む。

リルンが嗅覚と聴覚を用いて魔物をできる限り避け、避けられない魔物はすぐに倒してくれるので、道中はかなり順調だった。

討伐した魔物は、基本的に魔石だけを取って放置している。素材は少し惜しいが、今は荷物を増やしたり、足を止めている時間の方が惜しいのだ。

魔石だけは、錬金に質のいい魔石は必須なので、いくらあってもいい。

「このペースなら、日が沈む前には湖に着けるか？」

「そうだね……多分もう少し早く着くんじゃないかな。二日連続の野営はちょっと嫌だから、遅れないように頑張ろうね」

湖まで辿り着ければ、その近くに村があることは確実なのだ。その村に氷があるかどうかは分からないが、村に着けば野営は避けられる。

「そうだな。日が沈む前に村に着くことを目指そう」

そこまで話をしたところで、フィーネが何かを思案するように考え込んだのが分かった。

「どうしたんだ？」

「……ちょっと引っかかったんだけど、湖の近くにある村って大きいかな」

何で村の大きさを気にかけたのか分からないが、俺は昨日調べた情報を思い出す。

「確か、果樹を育ててる村だったはずだ。たまに新鮮な果物を求めて旅行者も訪れるって書かれてたから、そこそこの大きさはあるんじゃないか？」

その返答に、フィーネは安心したように頬を緩めた。

「それなら良かった。じゃあ、宿もありそうだね」

「……そうか。村には宿がないって可能性もあるのか」

俺の中にその考えがなかった。でもよく考えたら、旅行者が来ない村なんてたくさんあるだろうから、宿がある村の方が珍しいのかもしれない。

新たな視点に驚いていると、フィーネが苦笑を浮かべながら口を開く。

「村によっては閉鎖的で、余所者《よそもの》は入れてくれないところもあるからね。逆に宿がなくても、村長さんの家で部屋を貸してもらえたり、空き家を貸してもらえたりすることもあるんだ」

「村も色々なんだな……」

俺は物心付いた頃から街中で育ってきたので、村での生活に関する話は新鮮だ。

『その村の伝統食が出てくることもあるんだよね！』

ラトが話に入ってきた。こうしてラトが覚えてるってことは、その伝統食は木の実を使ったものだったんだな。

「どんな伝統食だったんだ？」

『木の実の塩漬けだよ！』

木の実の塩漬け……味が全く想像できない。

「美味しかったのか？」

フィーネに問いかけると、すぐに肯定の言葉が返ってきた。

「これが意外にも、凄く美味しかったんだよね。焼いたお肉に載せて食べるんだよ」

「へぇ～、食べてみたいな」

『我はいらん。あれはパンに合わなかったからな』

リルンの基準はいつもパンに合うかどうかだ。それに苦笑しつつ、それからもポツポツと話をしながら足を動かしていると――

そろそろ日が傾き始めたぐらいの時間帯に、湖に到着することができた。

「やっと着いたな……！」

湖のほとりには、リュースの木をいくつも確認できた。間違いなく、俺たちが目指していた湖だ。

「綺麗だね」

フィーネが気持ち良さそうに深呼吸をして、湖全体を見回した。

『いっぱいお花が咲いてるね！　それに水面が光ってるよ』

『まあ、悪くないところだな』

皆の感想を聞いて、俺の意識も湖の美しさに向く。

「確かに綺麗な湖だな……丁寧に手入れがされてる感じだ」

「近くの村の人たちが手入れをしてるのかな。でも……人の手が入ってるっていうよりは、自然とこの綺麗さを保ってるって感じに見えない？」

「分かる。凄い湖だな」

「だよね……透明度も凄い。この湖を見られただけでも、頑張って歩いた価値があったよ」

皆でしばらく綺麗な景色を堪能し、さっそく変質を試してみることにした。

一番近くにあったリュースの木に近づき、大きなその木を見上げる。そして一つの実にそっと手を伸ばした。

「じゃあ、触れてみるな」

「うん」

『クルの実になって欲しいね……！』

成功して欲しいと願いながら真っ赤なリュースの実に触れると、その実がキラキラとした光を放ち始める。それを緊張しながら見つめていると、光が消えて残ったのは――

真っ白な果実だった。

「せっ、成功、かも」

クルの実の特徴である真っ白な色を見て、思わず声が上擦ってしまう。確証を得るために採取をして、細部まで確認し……

「クルの実だ！」

俺は叫んだ。これで今回の目的である三つの素材、全てが手に入った。

「エリク、やったね……！」

満面の笑みのフィーネとハイタッチをして、俺の胸元に飛び込んできたラトを受け止める。そして、さりげなく近くで尻尾を揺らしていたリルンも、わしゃわしゃと撫でた。

『エリクやったね！』

『……運が良かったな』

皆で喜びを分かち合ったら、さっそく近くにある村を目指すことにする。

クルの実は保存するのに氷が必要なので、氷を手に入れてから、ここに戻ってくる必要があるのだ。

「村に氷があったらいいんだが」

「そうだね。観光地なら、宿の食堂で氷を使ってる可能性は高いと思うんだけど……」

「それを祈ろう」

湖から村までは、歩いて三十分ほどだった。森を抜けると、すぐに村を囲っているのだろう木の柵と、立派な門が見えてくる。

「門が大きくて綺麗だし、木の柵も頑丈そうだから、結構栄えてる村かも」

フィーネの感想に、俺は学びを得た。

村だとこのぐらいの規模感で、栄えてる部類に入るみたいだ。街とは全く違う基準で、何だか面白い。

「あっ、門番さんもいるんだね」

「普通はいないのか？」

「うん。村によっては木の柵と門もないよ。それがあるだけで大きな村だと思う。それかお金がある村だね」

まさか木の柵がないこともあるとは、衝撃だった。

それだと魔物が普通に村の中に入ってくるってことだよな……村での暮らしってのんびりとしたイメージが強かったが、俺の想像より過酷なのかもしれない。

「こんにちは！」

「おうっ、元気な嬢ちゃんだな」

フィーネが笑顔で声をかけると、門番の男性は嬉しそうに槍を持っていない方の手を上げた。

「冒険者か？」

「はい。素材採取で近くまで来ていて。この村って宿はありますか？」

「もちろんあるぞ。一軒だけだが部屋数もかなりあるから満室ってことはないはずだ。今日はそんなに観光客もいないしな」

「それなら良かったです」

「宿はしばらく道なりに進んで、赤い玄関ドアの家を右折するんだ。それでしばらく進んだら左側にある」

男性は村の中を指差しながら丁寧に教えてくれる。

門番っていうよりも、観光客の案内係って感じなんだろう。

「ありがとうございます。もう一つ聞きたいんですけど、この村って氷はありますか？」

「氷？　もちろんあるぞ。宿でも買えるはずだ」

「そうなんですね！　じゃあ行ってみます。ありがとうございました」

男性に笑顔で見送られた俺たちは、足取り軽く村の中に入った。

「氷があって良かったな」

「ね、これで一安心だよ。あとはこの村で一晩を過ごして、明日の朝に氷を買って採取に行こう。採取できたら、あとは街に帰るだけだね」

「そうだな。そして街に戻ったら、ひたすら錬金だ」

この分だと錬金にかなりの時間を割けそうで、俺は安心感を覚える。何とか採取した素材が尽きる前に成功させたいが、難しければもう一度採取に向かうのも視野に入れよう。

『あっ、赤い玄関ってあの家じゃない？』

ラトの言葉に視線を上げると、確かに目立つ赤色の玄関ドアがあった。

「あれみたいだな。じゃあ、そこを右折しよう」

それからも、たまにすれ違う村の人たちに挨拶をしながら宿を目指していると、迷うことなく宿に到着する。

「あの建物みたいだ」

「分かりやすく宿屋って書いてあるな」

「ふふっ、本当だ。親切だね」

そんな会話をしつつ、三階建てでかなり大きな宿のドアを開いた。

すると中には、忙しそうに働く一人の女性がいる。入ってすぐのところが食堂になっているみたいで、今は夕食の準備中らしい。

「あっ、いらっしゃいませ！　新しいお客さん？」

俺たちに気付いた女性は、笑顔で声をかけてくれた。

「はい。今夜って泊まれますか？　二部屋借りたいんですけど。あっ、従魔もいます」

「もちろん泊まれるよ。そっちの大きい従魔は外の小屋になるけどいいかい？」

「大丈夫です」

フィーネが頷いたのを確認してから、女性はカウンターの中に入って宿帳のようなものを取り出した。

「これに名前を書いてくれ。料金はそこに書いてある通りだよ。夕食は……二人分ぐらいなら何とかなるから出せるかな」

「本当ですか？　ありがとうございます」

料金は村に一軒しかない宿屋にしては、かなり良心的な設定だ。

特に問題はないので二人の名前を書いて、一泊の宿泊料を支払う。

「ありがとね。部屋は三階だよ。鍵はこの二つで、夕食は一時間後ぐらいかな。お風呂は他の宿泊客と譲り合って入ってね」

「分かりました」

女性がまた夕食の準備に戻ったところで、俺たちは夕食まで部屋で休もうと三階に上がった。


少し休んでから食堂に下り、美味しい夕食を堪能した。

そして明日も早いから、部屋に戻って休もうという話になり、椅子から立ち上がると……カウンターの中にある扉が開いて小さな女の子が出てきた。

女の子は赤い顔でふらふらとしていて、誰かを探しているようだ。

「女将《おかみ》さんの娘さんかな」

「多分。随分と体調が悪そうだが……」

心配で見守っていると、女将さんが慌てて女の子の元に駆け寄った。

「目が覚めたのかい？」

「……うん、お母さん、暑いよ」

「かなり熱があるね～濡らしたタオルで冷やそうか。何か食べられそうかい？」

「……ううん。いらない」

「でも食べないと薬を飲めないんだよ？」

「お薬苦くて嫌い」

食欲がなくて高熱ってなると心配だな。子供は特に体力がないし、高熱で命の危険に陥ることもあるのだ。

孤児院でよく高熱の子供が危ないって話を聞いていた。

「エリク、回復薬は持ってきてないんだっけ？」

フィーネに小声で問いかけられる。

「強回復薬を一本しか持ってきてないんだ。それを渡すのはさすがにな……回復薬を錬金できたらいいんだが」

強回復薬はかなり高価なものだし、渡される方が受け取りづらいだろう。それにもしもの時のために、とっておきたいという気持ちもある。

錬金するとしたら、必要な素材は近くの森ですぐ手に入るはずだ。問題は錬金道具だが、回復薬ぐらいなら、道具がなくても調理器具で作れるかどうか……とりあえずやってみるか。

俺はそう結論付け、テーブルの上で寛いでいるラトに声をかけた。

「ラト、一緒に近くの森に入ってくれないか？　魔物が来たら、俺を守って欲しい」

その願いに、ラトは素早く立ち上がる。

『もちろんいいよ！　えへへ、僕がエリクを守るね』

そんな俺たちの会話を聞いて、フィーネが苦笑しつつ口を開いた。

「エリク、リルンも誘ってあげないと拗ねちゃうと思う。それから私も一緒に行くね。食後に軽い運動をしたかったから」

確かに……リルンは置いていったらあとで拗ねそうだ。

拗ねているリルンが容易に思い浮かび、口元が緩んでしまう。

「じゃあ、皆で行くか」

『皆でお出かけだね！』

そうして俺たちは、回復薬の素材を探しに行くことにして、食堂を後にした。

リルンと合流して村の外に出ると、もう辺りは真っ暗だ。しかし月明かりで、一応視界は確保されている。

「必要なのはヒール草と光草だから、この辺でもすぐ手に入るはず……」

森の入り口でしゃがみ込んで、手当たり次第に変質をしていくと、すぐにヒール草と光草をいくつも作り出すことができた。

「本当にそのスキルは凄いね」

「これで劣化させる方の効果がなかったら、最高のスキルだったんだけどな……」

ただ今思えば、劣化の方がなければ俺のスキルは大きく注目されていただろうが、希少素材が欲しい人たちによって、自由を奪われ飼い殺しにされていたはずだ。

そう考えると、この不便さを享受してでも、今のままがいいと思う。

『うん？』

俺が採取を終えて立ち上がったところで、リルンが森をじっと見つめた。

「どうしたの？」

フィーネが問いかけると、リルンが低い声で告げる。

『魔物の群れがこちらにやってくるな。そして我らと魔物との間に、多分人間の子供がいるぞ』

「え、人間の子供って、本当か？」

信じられない事実に、思わず聞き返してしまった。

だって今は真っ暗な夜だ。そもそも子供だけで外に出るのは危ないはずで、それが夜なんてなおさらだ。

『我が嘘をつくはずがないだろう？　子供は三人いると思うぞ。どうするんだ？』

その問いかけに、眉間に皺を寄せたフィーネがすぐ答える。

「もちろん助けに行くよ。リルン、よろしくね」

『仕方がないな。我が助けてやろう』

ニヤリと笑ったリルンが森の中に駆け入り、俺たちも慌てて後に続いた。

『僕が結界で草とか枝を避けるね！』

そう言って透明な壁を俺たちの前に作り出してくれたラトに、感謝を伝える。

「ラト、凄く助かる。ありがとな」

『えへへっ、僕も役に立つからね！』

「ラト、ありがとね。おかげでリルンについていけるよ」

フィーネの肩の上で褒められて照れているラトにほっこりしながら、ひたすら足を進めると……

少し先でリルンが足を止めたのが見えた。

そんなリルンの前方では、三人の子供が腰を抜かしているようだ。

「な、何だこいつっ」

「ま、魔物じゃない？」

「もしかして、私たち、ヤバいんじゃないかしら……？」

リルンを怖がっている様子の三人に、追いついた俺たちが声をかける。

「大丈夫だ。俺たちはお前たち三人を助けに来た」

「あの白い魔物は私の従魔だから、心配しないでね」

子供三人は、男の子が一人に女の子が二人みたいだ。編まれた籠《かご》のようなものを持っていて、その中には何かの植物が入っている。

「た、助けに来たってどういうことだよ!?」

「私たちを、連れ戻しに来たの？」

「私たちは助けなんていらないわ！」

気が強そうな子供たちの言葉に苦笑していると、リルンが少し楽しさの滲んだ声音で言った。

『魔物が来るぞ』

「三人とも向こうを見ろ。魔物が来るぞ」

「はぁ？　なんで魔物が来るって分かるんだよ……っ⁉」

全く信じていなさそうだった男の子は、こちらに向かって飛び出してきたアースボアの群れに、目を見開き息を呑む。

女の子二人もかなり驚いたのか、目を見開いたまま固まってしまった。

そんな中で、リルンがトンッと軽く地面を蹴る。

『ラト、万が一後ろに行ってしまった個体は結界で止めておいてくれ』

『はーい。任せて！』

リルンはまず先頭のアースボアに向けて、鋭い爪を振り下ろした。

それによってアースボアから血が噴き出す中、他のアースボアが放った石礫を風魔法で操り、逆にアースボアたちへと弾き返す。

「グオォォォォッ！」

アースボアたちが痛みからか雄叫びを上げる中、リルンは次から次へと舞うようにアースボアの間を駆け回り、致命傷を与えていく。

しかしかなり大きな群れだったようで、アースボアは全部で二十匹はいた。さすがに全てはリルンだけで対処できず、ラトが一匹のアースボアを結界で止める。

それを見て、俺は剣を抜いて駆け出した。

毎日鍛錬していた剣の使い方を思い出せ。とにかく素早く鋭く、狙いを定めて振り下ろすんだ。

「はぁぁぁ‼」

恐怖に打ち勝つために大声を出して剣を振ると、俺の剣はアースボアの胴体を深く切り裂いた。

「よしっ」

まともに攻撃が当たって、思わずホッとしてしまう。しかしすぐに気を引き締め直し、致命傷を与えるために、もう一度アースボアに切りかかった。

それによって今度はアースボアの首元に深い傷ができ、大量の血を流したアースボアは、その場に力なく倒れていく。

倒せたことを確認した瞬間、俺は自分が息を止めていたことに気付いた。

すぐに息を吸い、荒い息を整える。

『エリク凄いね！　カッコいい！』

ラトの賞賛に喜びを感じていると、その間にリルンは他のアースボア全てを倒していた。

改めて同じ魔物と戦ってみて分かったが、リルンの強さは本当に尋常じゃないな。そんなことを考えていると、返り血一つ浴びていないリルンが、俺の元に歩いてくる。

『エリク、振りが大きすぎる。倒し切る前に油断をするのはバカのすることだ。それからあまりにも動きに無駄が多いし、相手に反撃されたら避けられない構えだった。また狙いも弱すぎる。エリクは弱いのだから、力で押すのではなく急所を狙え』

自分も戦っていたはずなのに、次々と湧いてくるダメ出しに呆然としてしまった。

「見てたのか……？」

『当たり前だ。アースボアなど片手間で倒せるのだ』

「リルン、お前は本当に凄いな」

しみじみとそう伝えると、リルンはストレートな褒め言葉に慣れていないのか、少し動揺する様子を見せた。そして照れながら、ふいっとそっぽを向いてぼそりと告げる。

『……まあ、アースボアを倒せたことは、評価に値する』

その言葉を聞いた瞬間、俺は嬉しさのあまりリルンに抱きついてしまった。

「それ本当か!?」

『ええい、鬱陶しい。くっつくな！』

リルンは照れ隠しなのかそんなことを言って、無理やり俺から離れていってしまう。しかし尻尾がゆらゆらと揺れているのが分かり、俺の頬は緩んだ。

それから剣を軽く拭って鞘に仕舞ってから、皆がいる場所に戻った。するとフィーネが子供たち三人に説教をしている。

「分かった？　私たちがいなかったら、三人とも死んでたんだからね。それが嫌なら、こんな夜に子供たちだけで外に出たりしちゃダメ」

「分かった」

「……ごめん、なさい」

「……分かったわよ。もうこんなことしないわ」

反省して落ち込んでいる様子の三人に、少し安心する。

この様子から、また危ないことをする可能性は低いだろう。

「それで、こんな夜遅くに森の中にいた理由は？」

フィーネの問いかけに、気の強そうな女の子が答えた。

「友達の、病気を治すためよ。夜にしか咲かない黄色い花を食べたら、酷い病気も治るってこの前聞いたの」

その話を聞いて、俺はピンと来た。

「もしかして、それって宿屋の娘さんか？」

「なんで知ってるのよ」

「いや、偶然だな。俺たちもその子を助けてあげたくて、回復薬の素材を手に入れるために森に来てたんだ」

俺の言葉に、三人は目を見開く。しかしそこには驚きだけでなく、希望の色も滲んでいた。

「兄ちゃん、錬金術師なのか？」

「回復薬を作れるの……？」

「ああ、もちろん作れる。だからあの子のことは、俺たちに任せとけ」

その言葉に、三人は安心したのか頬を緩めた。

無謀な子供たちだと思ったが、友達思いのいい子たちだったんだな。それが分かったらこれ以上怒る気にはならなかったのか、フィーネもいつもの笑みを浮かべた。

「皆がここにいることは、誰にも話してないの？」

「……ああ、夜の森は危ないって、絶対に止められるからな」

「じゃあ、親御さんたちが絶対に心配してるよ。早く村に戻ろう。アースボアは……ここに放置したら魔物を呼び寄せるから良くないよね」

確かにここは村からかなり近い場所だ。アースボアを放置すると、血や肉の匂いに釣られた魔物がたくさん集まってしまう。

『何回かに分けて我が運ぼう』

リルンがアースボアの運搬を申し出てくれて、フィーネは笑顔で頷いた。

「リルン、よろしくね」

そうして思わぬトラブルに遭遇した俺たちは、子供たち三人を連れて村に戻る。すると、村では子供の行方が分からず騒ぎになっていたのか、外門にたくさんの大人たちが集まっていた。

そんな中に俺たちが姿を現したため、さらに大きな騒ぎとなる。

「おいっ、子供たちが帰ってきたぞ！」

「三人とも無事だ!!」

それから子供たちと親御さんたちが再会を喜び合い、三人と俺たちが順を追って経緯を説明したところで、三人は村の皆からたっぷり叱られた。

しかしその説教も、リルンがアースボアを三匹まとめて運んできたことで有耶無耶《うやむや》となる。

「さっきお伝えした、村のすぐ近くまで来ていたアースボアです。全部で二十四いるので、全て村に運びますね」

フィーネの言葉に、さっきは子供たちが無事だったことに安堵するあまり軽く聞き流されたアースボア二十四の群れという事実が、全員に改めて衝撃として伝わったらしい。

その場は騒然となる。

「冷静になると、アースボア二十四ってヤバくねぇか？」

「村が襲われてたら、かなりの被害になってたんじゃ……」

「というか、そんな大規模の群れを、普通に倒せるって強いよな」

「……相当強いでしょうね」

さっきまでは子供たちを助けたことを感謝されていた俺たちだが、今度は村を救ったと賞賛され始めた。

これはかなりの騒動になるんじゃ……そう思ったところで、フィーネが盛り上がっていた雰囲気を一変させた。

「私たちは宿屋の娘さんのために回復薬を作らないといけないので、そろそろ帰りますね。その子たちが心配しているように、高熱が続いていて苦しんでいますから」

その言葉に、全員が前のめりだった体を引く。

「確かにそうだな。すぐ行ってやってくれ」

「余所の人なのにこんなに親身になってくれて、本当にありがとね」

「いえ、たまたま私たちに助けられる力があっただけですから。……あっ、アースボアの処理は頼んでしまってもいいですか？」

フィーネの頼みに、村の人たちはすぐに頷いた。

「もちろんだぜ」

「任せときな！」

「素材はどうするんだ？」

「素材は全部村のものにしてください。私たちは持ち帰れませんから。エリクもそれでいい？」

「問題ない。持ち帰る方が大変だからな。村で処理してもらえるとありがたいです」

そんな俺たちの返答を聞いた村の皆に深く感謝される。そしてそんな話をしている間にも、リルンがアースボアを運び終えたようだ。

俺たちは三人の子供たちに声をかけ、皆に見送られながら宿に戻った。

「なんだか大事になっちゃったね」

「予想外だったが、あの子たちを助けられたことは良かったな」

そんな会話をしながら宿に入ると、女将さんはちょうど食堂の掃除をしているところだった。娘さんの姿は、近くには見えない。

「あら、おかえり。こんな遅い時間まで、どこ行ってたんだい？」

女将さんの問いかけに、俺が答える。

「ちょっと森に採取をしに行ってました。……それで一つ相談があるのですが、厨房を少し貸していただけませんか？　娘さんの体調が悪そうだったので、回復薬を錬金しようかと思ったんです。俺は錬金術師なので」

その言葉を聞いた女将さんは少しだけ固まり、すぐ俺の言葉に飛びついた。

「え……ほ、本当かい!?　いいのかい!?」

かなりの強さで肩を掴まれ、女将さんがどれだけ娘さんを心配していたかが伝わってくる。

「もちろんです」

「ほ、本当にありがとう……あの子の熱、もう一週間も下がってないんだよ。お金をかき集めて、大きな街に回復薬を買いに行こうかと思ってたんだ」

そんなに長引いてたのか。それは普通の風邪じゃないのかもしれないな。回復薬で効果がなさそうなら、強回復薬を渡すことも考えよう。

「いくらあればいい？　お金が足りなかったら、村の皆に借金してでも集めるから……」

お金か……別にもらわなくてもいいんだが、それだと他の錬金術師に申し訳ない。ここは欲しいものを準備してもらう代わりに、最低価格にするか。

「氷が欲しいのと、明日から数日の保存が利く食料が欲しいです。それをいただけたら、銀貨五枚で大丈夫です」

回復薬としては破格の対価を提示すると、女将さんは目を見開き、ポロリと涙を溢した。

「本当に、ありがとう。娘の命の恩人だよ……っ」

深く頭を下げる女将さんの肩に、今度は俺が優しく手を置いた。

「いえ、対価をもらうのですから当然ですよ」

その声かけに顔を上げた女将さんは、キリッとした表情だ。

「保存食はできる限り準備するよ。それから宿代も無料にするから、もらったお金は返すよ。あと氷は好きなだけ持っていっていい」

そんな女将さんの言葉に感謝を伝えると、俺たちは厨房に案内された。

「ここにあるものは、なんでも自由に使っていいよ。必要なものを教えてくれたら準備するし、ここにないものも何とか他から持ってくる」

「ありがとうございます。では……小さめの鍋とかき混ぜるもの。それから水と布、蒸し器、あとは魔石を砕けるものが欲しいです」

「色々と必要なんだね」

女将さんは厨房の棚をガサゴソと漁ると、指示したものを次々と取り出してくれる。

蒸し器がなかったら簡易のものを作らないといけない可能性も考えていたが、奥にあったみたいで助かった。

「ありがとうございます。では作っていきますね」

「見ててもいいのかい？」

「構いませんよ」

錬金道具なしで作るのは初めてなので、いつも以上に丁寧にゆっくりと工程をこなしていくことにする。まずは本来乾燥させた方がいい素材を乾燥させる時間がないので、刻む工程はかなり念入りに行った。

他の素材も丁寧に処理して、魔力水を作り上げる。ここまでは完璧だ。

「ふぅ……」

いつもの道具がないと、やっぱり疲れるな。しかし集中力を途切れさせず、ひたすら錬金に意識を向けた。ヒール草と光草を魔力水に入れ、ゆっくりと混ぜていく。

ちなみに、強回復薬と普通の回復薬は、最近作り分けができるようになった。

完璧な配合にすると強回復薬になってしまうので、少しだけ素材の分量を増減させると普通の回復薬になるのだ。

「随分と時間がかかるんだね……それにいろんな素材が使われてる。これは高いのも納得だよ」

「私も最初に見た時は驚きました。エリクは簡単にやってますけど、素材の質によって入れる分量も変わってくるそうです。それを間違えると失敗するとか」

「凄いねぇ〜」

フィーネと女将さんの会話を聞きながらかき混ぜることしばらく――

ついに、回復薬が完成した。

錬金道具なしで作ったのは初めてだったが、色合いや粘度などから回復薬で間違いなさそうだ。

無事に成功して良かった。

「コップをもらえますか？」

「もちろんだよ」

「一度に飲む量は、このコップに半分程度です。残った回復薬はガラス瓶に入れて保存できます。多分あと数回分はあるので、街の人にでも配ってください」

帰りの荷物を増やしたくないのでそう伝えると、女将さんは最初は遠慮していたが、受け取ってもらわなければ捨てていくという言葉に頷いてくれた。

「強引ですみません。ありがとうございます」

「いや、お礼を言わないといけないのはこっちだよ。本当にありがとね」

「俺は錬金術師ですから。では、娘さんにさっそく飲ませてあげてください」

その言葉に頷いて早足で厨房を出ていった女将さんを見送り、俺たちは厨房を片付けてから自室に戻った。


そして次の日の朝。朝食を食べに食堂へ下りると、昨日はふらふらしていた娘さんが元気に朝ご飯を食べていた。ちゃんと回復薬が効いたみたいだな。

「あっ、エリクさんとフィーネさん！」

俺たちに気付いた女将さんが仕事の手を止めて、こちらに声をかけてくれる。

「おはようございます。元気になったんですね」

「昨日の夜に回復薬を飲ませたら、見ての通り元気いっぱいだよ。本当にありがとね！」

女将さんは昨日よりも明るい笑顔で豪快に笑うと、大きな声で娘さんを呼んだ。

「こっちにおいで！　あんたを治してくれた人たちだよ」

「……回復薬をくれた人？」

「ああ、元気になったか？」

和やかさを意識して声をかけると、娘さんは満面の笑みを浮かべて大きく頷いた。

「うん！」

やっぱり子供は元気がいいな。

「もう辛くないよ。本当にありがとう!!」

「治って良かったな」

「またいっぱい遊べるね」

「うん！」

「遊んでばかりじゃなくて、仕事も手伝ってくれないと困るんだけどね」

笑いながらそう言った女将さんは、娘さんの頭を優しく撫でると厨房に入っていく。そしてすぐに大きなお皿を持ってこちらに戻ってきた。

「二人には特別サービスだよ。うちの人が腕によりをかけて作ったんだ。たくさん食べとくれ」

「うわぁ、美味しそうですね！」

「こんなにいいんですか？」

「もちろんさ」

皿の上に載っているのは大きなステーキ肉と、新鮮な野菜が使われた美味しそうなサラダだ。二人で食べてもかなりお腹に溜まるだろう。

「パンも欲しいかい？　焼き立てがあるよ。それからスープも」

「いや、そんなには食べられないです。あっ、でもパンはいくつかもらってもいいですか？　それからもしあれば、何か木の実も。従魔たちが好きなんです」

「そうなのかい？　じゃあすぐに準備するよ」

焼き立てパンなんて、リルンは大喜びだろうな。ラトも荷物の関係でそこまでたくさんの木の実は持ってこられなかったから、好きなだけ食べられるならどんな木の実でも嬉しいはずだ。

『木の実!!』

予想通り、ラトは目を輝かせた。

「じゃあラトは少し待っててね。私たちは先にいただくよ」

『うん！　もちろんいいよ～！』

「ありがとな」

そうして俺たちはパンと木の実を待つ間、さっそく大きなステーキにナイフを入れる。

見ただけですぐにいい部位だろうと分かるステーキ肉は、あまり力を入れなくてもナイフがスッと通った。

一口大に切って口に運ぶと……そのあまりの柔らかさに思わず唸ってしまう。

「これ、相当いい肉だな」

「だよね……凄く美味しい。柔らかくて脂が乗ってて、でもしつこくなくて」

「肉の味がしっかりしてる」

「こんなにいいお肉を出してもらえるなんて、ありがたいね」

それから二人ともしばらく手が止まらず、少し満足したところでフィーネが口を開いた。

「このお肉、少しリルンにも持っていってあげようか。パンと一緒に食べたら絶対に美味しいだろうから。あ、ラトも食べる？」

『ううん、僕は木の実でいいよ』

ブレないラトの答えに苦笑していると、女将さんがパンと木の実を運んできてくれた。木の実はラトに全て渡して、パンにはナイフを入れてステーキ肉を挟んでいく。

「これぐらいでいいかな。じゃあ、私が持っていくね」

「ああ、よろしくな」

それから少しして戻ってきたフィーネによると、リルンは尻尾が無意識に動いてしまうほど、ステーキを挟んだパンを気に入っていたらしい。

そんな報告に頬が緩みながら、俺たちも食事を続ける。

そうして、とても美味しい朝食を楽しんだ。


朝食後に食休みをしてから、さっそく湖に向けて出発をするため、女将さんに声をかけた。

「じゃあ、俺たちはそろそろ行きます。氷を受け取ってもいいですか？」

その声かけに、すぐ女将さんが出てきてくれた。さらに旦那さんと娘さんも一緒だ。

「もちろんいいよ。ちゃんと準備してあるからね」

大量に準備してくれた氷を受け取ると、旦那さんが頭を下げた。

「娘を助けてくれて、本当にありがとう。またいつでもうちに来てくれ。金はいらないから、二人は好きなだけ泊まってくれて構わない」

そんな言葉に俺とフィーネは顔を見合わせてから、視線を旦那さんに戻した。

「ありがとうございます。でもお金はちゃんと払いますね」

「また来ます。今度はもっと長期間で、果物を食べに」

「ああ、ぜひ来てくれ」

「二人とも本当にありがとう」

「ありがとう！」

女将さんと娘さんにも改めて感謝を伝えられ、俺たちは笑顔で手を振った。

「じゃあまた」

「楽しい滞在でした。また来ます」

三人に笑顔で見送られて、俺たちは宿を後にした。

そしてそのまま村の門へ……とは行かず、いろんな人たちから感謝の言葉や再訪を望む声をかけられ、嬉しい気持ちで村の外に出る。

またリルンを先頭に湖に向かって歩いていると、フィーネが街がある方向に視線を向けて口を開いた。

「クルの実を採取したら、どのルートで街に帰るのが一番かな。もう山に寄る必要はないから、行

き と同じ道は通らないよね？」

最初の山の中から街までの道のりと、湖から街までの道のりは、あまり距離が変わらないのだ。

「そうだな。できれば歩きやすい道を行こう。途中で乗合馬車でも見つけられたら最高なんだが」

「確かに。乗せてもらえたら嬉しいね」

そうして帰り道に関する相談をしていると、すぐ湖に到着した。

「朝日に照らされる湖は、一段と綺麗だな」

「本当に幻想的だね……」

『僕もここ大好き！』

『……まあ、我も嫌いではないな』

全員で改めて湖の美しさを堪能して、それから採取を始める。

まずは俺がリュースの実をクルの実に変質させて、フィーネが採取をする担当だ。採取をしたクルの実は、すぐ氷水に浸けて冷やす。十分ほどで完璧に冷えたら、今度は砂の中だ。

領主様からもらったクルの実は黄色に変色してしまっていたが、こうすれば真っ白で綺麗なまま保たれるらしい。

同じ作業を繰り返すこと一時間。持ち帰ることができる最大限までクルの実を採取して保存し、作業は終了した。

「これで素材は全部揃ったね」

「思ってたよりも苦戦しなくて良かったな」

「うん。さすがエリクのスキルだよ」

フィーネが笑顔でそう言ってくれると、日頃の苦労が報われる思いだ。

これで本当に、ラトたちが言っていたスキル封じの石が手に入ったら、ほぼ欠点のない最強のスキルになる。

かなり難しそうだったが、いつか絶対に作ろう。

「じゃあ、街に戻るか。できる限り早く錬金を試してみたいし、素材の劣化も心配だからな」

「そうだね。もしダメだったら次の手を考えないと」

「ダメだった場合か……」

考えたくないが、考えなければいけないことだろう。ただこれでダメだったら、いくら考えても錬金を成功させられる可能性は低い気がする。

素材の質が問題じゃない、もしくは、それを改善しただけではダメな場合、レシピが間違ってるって可能性もあるからな……

「とにかく錬金してみてだな」

ここで考え込んでいても仕方がない。時間がないんだから行動しないと。

それから俺たちは、途中で寄り道もせず街に向かって歩みを進め、乗合馬車に拾ってもらえたことで、日が沈み始めたぐらいの時間に街へと戻ることができた。

# 第七章　睡氷病を治す薬

街に帰ったその日はさすがに疲れ切っていたので、夕食を食べてからすぐ眠りに落ちた。

そして翌日の早朝。昨晩早く眠りについたことで、朝日が昇り始めた頃に目が覚める。疲れは完全に癒えていて、爽やかな気分だ。

部屋の窓を開けると少し冷たい風が吹き込んできて、晴れやかな気持ちになった。

なんだか成功しそうな予感がする。いや、絶対に成功させよう。

「俺ならできる」

そう呟いて、拳をぐっと握りしめた。

素材はたくさんあるから、何度も失敗はできる。

どの程度の量の素材を入れる必要があるのか、どの処理をしてから入れた方がいいのか。その辺はレシピに細かく書いていないのが普通なので、今までの経験を総動員させなければいけない。

もう自分を信じて、頑張るしかないのだ。

工房長は、俺に才能があると言ってくれた。今まで何年間も、必死に錬金だけをしてきた。できるはずだ、大丈夫。

自分に言い聞かせて覚悟が決まったところで、ゆっくりと朝の準備を始めることにした。

しばらく部屋でのんびりしてから早めに宿の食堂へ向かうと、まだ早い時間なのにすでにフィーネがラトと一緒に、席に着いていた。

「フィーネ、早くない？」

「今日から錬金をすると思ったら、早く目が覚めちゃって。意外と緊張してるのかも。私は何もしないのにね」

そう言って笑うフィーネに心強さを感じる。

「いや、嬉しいよ。俺一人で頑張るんじゃないって思えるから。なんとか、なんとか成功させよう」

その言葉に、フィーネは頼もしい表情で頷いてくれた。

「うん。精一杯助けるよ」

『僕も！　一緒に頑張ろうね！』

二人と話をしたら、より成功する予感がしてくる。やっぱり仲間って凄いな。

それから皆で早めの朝食を取って、今日は俺たちが食べ終わってから三人でリルンに朝食を届けた。リルンからも分かりづらい激励を受け、さっそく錬金開始だ。

部屋に戻って、まずは錬金道具から丁寧に準備をする。フィーネとラトは、近くで見守ってくれていた。

今回作るのは睡氷病の治癒に特化した回復薬なので、回復薬を作る手順に素材が三つ追加される感じだ。魔石はできる限り質がいいものを使いたいので、素材採取の途中で倒した魔物を変質させて、質のいい魔石をたくさん確保してある。

「まずは魔力水からだな」

フィーネとラトと顔を見合わせ頷き合ってから、必要な道具を手に取った。

それから数時間、俺はひたすら錬金を続けた。しかし数回の錬金で作り出せたのは、いずれも失敗した時にでき上がる黒水だ。

「はぁ……疲れた」

これは、予想以上に難しいかもしれない。魔力水を作って回復薬に使う素材、ヒーリング草と光草を入れるところまでは成功するのだ。

しかし他の三つの素材を入れているうちに、すぐ黒水になってしまう。

まず入れたのは、熱草だ。最初は熱草を明らかに入れすぎたようで、投入してすぐに失敗となった。次は少量からだんだんと増やしていったが、素材が魔力水に溶けきれないうちに失敗となってしまった。

その二回の失敗で、レシピに載っている熱草を細かく刻む、の部分にもう少し工夫が必要なのだろうと思い、次はすり潰すようにしてみた。

しかし――結果は失敗だ。

黒水だけがひたすらでき上がる状況に焦りを感じるとともに、少し気が滅入《めい》ってくる。

「難しいね……」

『僕には何がダメなのか、全然分からないよ』

「何か突破口が見えてくるといいんだけどな」

次はどうするか――何かレシピには書かれていない工程が、必要なのかもしれない。例えば、熱草だから火で炙《あぶ》るとかはどうだろう。それか逆に、氷で冷やす？

いや、冷やしたら質が落ちるだけだ。やっぱり熱する方向で、何かを変える必要がある。

今回は俺のスキルで変質させた素材を使っていて、さらには素材の保存にもかなり気を遣った。だから素材の質が低くて失敗しているってことはないはずなんだ。

やっぱり問題があるとすれば、その素材をどうやって処理したかの部分だろう。

「エリク、続きはお昼ご飯を食べてからにする？　何か買ってこようか？」

俺が頭の中でぐるぐると考え込んでいたら、見かねたフィーネが声をかけてくれた。

「……頼んでもいいか？　もう少し思考をまとめたい」

「もちろんいいよ。じゃあ、その辺の屋台で買ってくるね。ラトも一緒に行こうか」

『うん！』

「二人とも、ありがとう」

それからは二人が買い物に出かけている間、ひたすら成功の可能性を脳内で探った。そして皆と一緒に昼食を食べながら休憩し、少ししたら錬金を再開する。

しかし結局、初日で成功することはできず、熱草を炙ってから細かく刻んで、さらにじっくりと煎ることで錬金が失敗しないことに気付いたところで、気絶するように眠りについた。

ぐっすりと眠って次の日も、とにかく何度も何度も失敗して黒水を作り出しながら頑張った。しかし二日目も成功には至らず、錬金漬けの日々は三日目に突入した。

「あっ、また失敗だ……」

熱草とサフラルの花を入れるところまではなんとか成功するようになったが、どうしてもクルの実を入れると失敗してしまう。

「クルの実の処理方法が違うとか？」

フィーネの推測に、俺は頷いた。

「そういうことだと思う。……なんとなく、熱するのがダメな気がするんだ」

しかしそれは、錬金というものの根本に反する素材ということになる。なぜなら錬金は、魔力水を熱しながらするものだから。

「錬金で熱さないなんて、できるの？」

「今まで考えたこともなかったんだが……例えばサフラルの花が溶けたところで火から下ろして、完全に冷えてからクルの実を入れるとかなら、試すことはできる」

それで溶けるとは思えないが、今回の錬金は常識に縛られていたらダメだ。

クルの実は熱した魔力水に入れた瞬間に、品質が落ちて失敗してるように見えるから、冷やしたところに投入するというのは一度試す価値はあるはずだ。

「確かにそうだね……氷水をもらってくるよ。その方が早く冷えると思うから」

「ありがとう、助かる」

「ちょっと待っててね」

フィーネが部屋から出ていったのを見送って、俺はベッドに思いっきりダイブした。

正解が分からない手探りの錬金、さらに期限があって絶対に成功させなければいけないという状況。それが、ここまで大変だとは思わなかった。

『エリク、大丈夫？』

「ラト～」

顔の側に来て頰を優しく撫でてくれるラトを抱きしめると、そのふわふわな毛並みに癒される。

『無理しすぎてると倒れちゃうよ……？』

「心配してくれてありがとう。でもちゃんと休んでるから大丈夫だ」

今感じている疲れは、肉体的なものというよりも、頭を使いすぎていることによる精神的な疲れだろう。

『そっか。じゃあ次のお休みの時に、ファムの実を一つあげるね』

ラトの大好物であるファムの実をくれるという言葉は、ラトが俺のことをかなり心配してくれていることを示していた。

「ラト～ありがとう。元気出た」

ラトのおかげで気力が復活していると、フィーネが戻ってきて、氷水が入った桶を床に置いてくれる。

「これで大丈夫？」

「ああ、問題ない。ありがとな」

「ううん。これで成功するといいんだけど……」

それから俺は、また一から睡氷病の回復薬の錬金を行った。そしてクルの実を投入する前に、錬金釜を桶に入れて冷やしてみる。

この時点で失敗になるかもしれない。そんな心配は、杞憂《きゆう》に終わった。

錬金釜の中身が完全に冷え切っても、黒水には変化しないようだ。しかし、まだ魔力水の色である透き通った青のままなので、錬金が成功してもいない。

睡氷病に特化した回復薬は、薄い緑色だとレシピには書かれていた。

「とりあえず、ここに細かく刻んだクルの実を入れてみる」

溶けやすいようにとかなり細かくしたクルの実を入れていくと……一つの実の半分ほどを入れたところで、魔力水は黒水に変わった。

「これでもダメかぁぁ」

「ほとんど溶けてなかったよね？」

「そうだったな」

やっぱり冷えた魔力水に素材は溶けなさそうだ。そうなると、クルの実の成分を搾《しぼ》って抽出した液だけを入れたらどうだろう。

基本的に、素材は皮や果肉ごと使うから搾ることはないんだが、普段はやらないことを試した方が成功する可能性が高い気がする。

「ちょっと搾り器を買ってくる」

俺はすっくとその場で立ち上がり、フィーネとラトにそう告げた。

「クルの実ジュースにするってこと？」

「そう。それを冷えた魔力水に入れてみようかと思って」

「確かに、それなら溶かす必要はないもんね」

フィーネが買いに行くと申し出てくれたが、俺も気分転換に歩きたい気分だったので、リルンも誘って皆で店へと向かう。

そして奮発して、高性能な搾り器を買ってきた。

また宿の部屋で錬金を最初からやり直し、錬金釜を冷やした。ここまでは完璧だ。

完全に冷えるのを待っている間に、クルの実を潰していく。搾り器を使って遠慮なくクルの実に負荷をかけると、思っていたよりもたくさんの果汁が搾り出されてきた。

「こんなに出てくるんだな」

「予想外だね。硬そうな感じだったのに」

「ミルクみたいだ」

クルの実の果汁は実と同じく真っ白で、ミルクよりも少しだけ薄く見える。

十分な量の果汁がとれたところで、俺は錬金釜を氷水から取り出した。完全に冷えていて、クルの実を入れるタイミングとしては完璧だ。

「じゃあ、行くぞ」

二人にそう知らせてから、クルの実の果汁を少しずつ錬金釜の中に加えていった。少し加えるごとにかき混ぜ、どのぐらいの量が適切なのかを見極める。

クルの実の果汁を加え始めてから一時間以上。ひたすら限界を見極めながら、魔力水を混ぜていると……魔力水は黒水になることなく、薄い緑色に変化した。

俺はその緑を見た瞬間に、思わず叫んだ。

「……せ、成功した!?」

突然の出来事に、自分でも信じられない。

しかし目を凝らしても、その色合いは変わらなかった。

「エリク……っ、やったね!!」

『凄いよ！　凄いよね⁉　さすがエリク‼』

フィーネとラトの興奮に、俺も叫びながら全力で走り出したいような、そんな衝動に駆られる。

「こ、これって成功だよな⁉　え、本当に成功したのか⁉」

「レシピ通りの素材を使って、レシピ通りの完成に辿り着けたんだから、ちゃんと成功してるはずだよ！」

『エ、エリク、早くガラス瓶に入れた方がいいんじゃない？』

「あっ、そ、そうだな。とりあえず保存しないと」

興奮と混乱と歓喜と緊張で手が震えそうになりながら、俺はそっと回復薬をガラス瓶に移した。全部で三本のガラス瓶がいっぱいになり、万が一にも割れたりしないよう、三本とも布で包んで鞄に仕舞う。

「このまま、領主様のところに行こう。鑑定してもらって、本当に成功してたらすぐ飲んでもらわないと」

「そうだね。今はまだ日が高い時間だから、急に訪ねても問題ないと思う」

『じゃあ早く行こ！　なんだか僕、緊張しちゃうよ』

そうして俺たちは成功した回復薬を持ち、リルンと合流して領主様の屋敷に向かった。

屋敷に着くと、依頼を受注している冒険者ということですぐ中に入れてもらえた。豪華な応接室に案内されて、すぐに領主様がやってくる。

「エリク、フィーネ、よく来たな。今日はどうしたのだ？　素材が足りなくなったのならば、すぐに準備させるが……」

「いえ、違います」

早く伝えたいと気が急《せ》いて、領主様の言葉を遮ってしまった。

「実は……つい先ほど、錬金が成功しました」

その報告に、領主様は完全に固まる。

「完成したのがこれです。鑑定をお願いします」

鞄から一つガラス瓶を取り出してテーブルに置くと、やっと領主様が手を震わせながら動いた。

「せ、成功したと、そう言ったのか？」

「はい。レシピ通りの素材と手順で完成したものです」

「睡氷病が、治るのか……？」

「レシピが正しければ、治る可能性が高いと思います」

半ば呆然としながら俺とそんなやり取りをして、領主様はガラス瓶を手に取った。

本当に大切そうに、丁寧に中の回復薬を見つめ、近くにいた使用人を呼ぶ。

「こ、これの鑑定を頼む」

領主様の言葉に、使用人の男性は緊張の面持ちでガラス瓶を受け取った。

「かしこまり、ました。少々お待ちくださいませ」

部屋を出ていく男性を見送って、俺たちは妙な緊張感の中で結果を待つ。すると数分後には、男性が足早に戻ってきた。そして上擦った声で告げる。

「た、確かに、睡氷病に特化した回復薬であると、結果が出ました……！」

その報告に、領主様は涙を溢した。

「エリク、フィーネ、本当に、本当にありがとう。君たちにはいくら感謝してもし足りない。心からの感謝を伝えたい……」

深く深く頭を下げた領主様に、俺たちは少し焦ってしまう。

「あ、あの、顔を上げてください。俺たちは、仕事を全うしただけですから」

その言葉に顔を上げた領主様は、もう一度だけ丁寧に頭を下げ、それから鑑定結果が書かれている紙を俺たちに渡してくれた。

「これが鑑定結果だ」

「ありがとうございます」

結果には興味があったので、ありがたく読ませてもらう。

フィーネと一緒に紙を覗き込むと……そこにはあまりたくさんの情報はなかった。しかし睡氷病に特化した回復薬であると、それだけはしっかりと記されている。

鑑定とは対象物が希少であるほどに、得られる情報が少なくなるものだ。

例えば、ヒール草を鑑定すれば使い方や素材の保存方法、料理へのアレンジ法まで情報がズラッと並ぶが、希少な素材はその名前と効果ぐらいしか記されない。

そんな鑑定の結果が辛うじて効果が分かる程度ということは、この回復薬がかなり希少であることを示している。

使っている素材も、その適切な処理方法が鑑定では明らかにならない希少性のものばかりだったので、回復薬が希少なのは必然かもしれないが。

「本当に、成功して良かったです。早めに娘さん……ご息女？　に飲ませてあげてください」

俺のその言葉に、領主様は焦るように立ち上がった。

「ああ……っ、そうだな。すぐに持っていこう」

「飲ませる量はどれほどが適切か分かりませんので、三本持っていってください。これが一回の錬金分の全部です」

まだ鞄に入れていた残り二本も差し出すと、領主様は目を見開く。

「三本もあるのか……とても心強いよ。本当にありがとう」

領主様は回復薬を大切そうに胸に抱き、万が一自分が転んだ時のためか、一本を使用人の男性に手渡した。そして気が急《せ》いているのか、足早に応接室を出ていく。

そんな領主様を見送ったところで、俺たちはやっと肩の力が抜けた。

「ちゃんと成功してて、本当に良かったな」

「うん。あとは効いてくれることを祈ろう」

「そうだな」

それから俺たちには、絶対に食べきれない量のお菓子が出され、メイドさんたちにこれでもかというほどのもてなしを受けた。

リルンとラトも少しわがままを言ってパンと木の実をもらい、満足そうな表情で寛いでいる。

領主様の屋敷でこんなに寛いでいいのかと思いながら、やっと緊張感から解放されたことによって気が抜けてしまい、俺もソファーに深く腰かけている。

「なんか、一気に疲れてきたな……」

「頑張ってたから当たり前だよ。宿に戻ったら、今日と明日ぐらいはゆっくり休もうね」

「そうだな。とにかくぐっすり寝たい」

ここ数日は、寝ている間にも錬金のことを考えていたし、そもそも寝付きが悪かった。

「あとはご飯もちゃんと食べよう。何か食べたいものはある？」

「そうだな……熱々の煮込み肉とか食べたいな」

「いいね。パンと一緒に食べたら美味しいやつだ」

「そうそれ。全身に染み渡る感じの」

俺とフィーネがそんな話をしていたら、パンに夢中だったリルンが口を挟む。

『そのソースを浸したパンなら、我も食べるからな』

パンの話題は絶対に聞き逃さないリルンに、苦笑が浮かんでしまう。

「もちろん、リルンの分も準備するよ」

『じゃあ僕は、そのソースに木の実を付けて食べる！』

ラトも元気良く宣言して、煮込み肉のソースに木の実は合うのか……？　と真剣に考えてしまった。

そうして俺たちが自由に過ごしていると、突然応接室のドアが開く。

「治ったぞ‼」

顔を出したのは、満面の笑みを浮かべた領主様だ。

俺たちは慌てて居住まいを正して、散らかっていたテーブルの上などを整えようとして……それを領主様に止められた。

「気にしなくていい。楽にしてくれ。そんなことよりも——娘の全身を蝕《むしば》んでいた忌々しい氷は溶けた！　娘は先ほど、安心して眠ったところだ。二人のおかげで娘の命は救われた。本当に、本当にありがとう！」

領主様は大きな声でそう言って、俺たちの手を順に取る。握手とともにぶんぶんと手を上下に振られ、領主様の興奮が伝わってきた。

「回復薬の効果があって良かったです」

「本当に治って良かったです」

俺たちの言葉にさらに笑みを深めると、領主様はラトやリルンにまで上機嫌に話しかける。そしてやっと少し落ち着いたのか、向かいのソファーに腰かけた。

この屋敷の使用人の皆さんは、そんな領主様に苦笑いだ。俺とフィーネはどう反応していいのか分からず、同じように苦笑しつつ居住まいを正した。

「改めて、本当にありがとう。君たちは娘の命の恩人だ」

「いえ、恩人なんて大袈裟です……。そういえば、三本の回復薬は全部飲まれましたか？」

感謝されすぎて少し居心地が悪かったので、話を変えるために気になっていたことを質問する。

「いや、一本しか使っていない。娘をずっと見てくれていた治癒師がいるのだが、その者が半分の回復薬を薄い布に染み込ませて凍った部分に巻き付け、残りの半分を飲ませていた。すると氷は見る見るうちに溶け始め、眠っても症状が出ないようになったのだ」

そういえば、回復薬は飲ませるだけじゃないんだったな。治癒師がいるなら安心だ。

一回の錬金で三回分の回復薬になるというのは、覚えておこう。

「治癒師曰く、初めて使う薬だから正確なことは言えないが、治ったと考えてほぼ間違いないそうだ。しかし、まだ再発という可能性も捨てきれないため、残りの二本はしばらく持っておきたいと言われたのだが……いいだろうか？」

領主様の問いかけに、俺は悩むことなく頷く。

「もちろん構いません。私が持っていても使い道がないですから」

それに俺はもう素材の採取方法から細かいレシピまで覚えたので、欲しいと思ったらいつでも作れるのだ。

「ありがとう……本当に、君たちには救われた。報酬の他にも礼として何か渡したいのだが、欲しいものはあるか？　なんでもいいので教えて欲しい。できる限り叶えよう」

領主様の提案に、俺とフィーネは顔を見合わせる。

ここは遠慮するよりも、ありがたくもらった方が領主様としてもすっきりするのだろうか。そう考えた俺たちは、欲しいものに思考を巡らせた。

ただこうして改めて欲しいものを聞かれると、あまり思いつかない。冒険者は持ち運べる荷物に限度があるから、重いものは避けて、日々の役に立つものがいい。

すでに持っていて、より性能がいいものを願うのもありかもしれない。

「あっ、錬金道具っていうのはありでしょうか？」

ふと思いついたものを口にすると、領主様は不思議そうに首を傾げた。

「もちろん構わないが、すでに持っているのではないのか？」

「そうなのですが、錬金道具には有名な工房で作られたものがありまして、それが欲しいなと思っていたんです。ただかなりお値段が張ると思いますが……」

いつかは手に入れたいと、密かに目標にしていたのだ。

だが有名な工房だけあって、お金があっても伝手がないと難しいという話も聞いていて、俺にはハードルが高かった。

「ほう、そんなものがあるのか。ではエリクには、その錬金道具一式を礼として贈ろう。値段に関しては問題ない。娘の命が救われたんだと考えたら、いくら高くても小さなことだ」

領主様が了承してくれて、俺は心が躍る。

ずっと欲しかった、雲の上の存在だと思っていたあの錬金道具が手に入るのか……！

「ありがとうございます。とても嬉しいです」

早く手にしてみたい。

成功率が上がる。錬金物の質が向上する。使い勝手が段違いだ。そんな感想を聞いたが、実際はどうなのだろうか。

今からもらえるのが楽しみで、頬が緩んでしまう。

俺が嬉しさを隠しきれずにいると、領主様はフィーネに視線を移した。

「フィーネは何が欲しい？」

その問いかけにフィーネは真剣な表情で悩み、少ししてから口を開く。

「私は、美味しいパンと木の実をいただけたら嬉しいです」

自分の欲しいものじゃなくて、ラトとリルンの好物を選んだのか……

フィーネの二人への愛情に、なんだか胸がいっぱいになった。

それはラトとリルンも同じだったようで、すぐに二人の声が聞こえてくる。

『フィーネ！　大好き!!』

ラトはそう言うと、膝の上からフィーネの肩に場所を移動し、頬にギュッとくっ付いた。

そしてリルンも、珍しく素直に感謝を伝える。

『貴族が礼として準備する美味いパン、とても楽しみだな。フィーネ、感謝するぞ』

フィーネが二人へと優しい眼差しを向けていると、領主様が問いかけた。

「パンと木の実は従魔の好物なのか？」

「はい。リルンはパンが、ラトはコルンの実やファムの実が大好きなんです」

「そうか、分かった。ではそちらも準備しよう」

「ありがとうございます」

そうしてお礼の品についての話は終わりとなり、俺たちは新たに淹れてもらった温かいお茶で一息つく。

「そういえば、睡氷病特化型の回復薬だが、レシピの扱いはどうするつもりだ？」

カップを置いた領主様に問いかけられ、一つだけ俺の中で決めていたことを答えた。

「とりあえず、独占するつもりはないです」

新たなレシピを生み出した人はそのレシピを秘匿《ひとく》して薬を高額で売るか、レシピ自体を製本して売りに出すか、その辺の手段を取ることが多い。

今回の回復薬は俺がレシピを生み出したわけではないが、元々のレシピは細部の情報が抜けていたり、誤情報が載っていたりしたので、俺が今後の扱いを決めることができるのだ。

俺は冒険者であって、錬金術を本職としているわけではないので、薬を高値で売ることは考えていない。それをするには、どこかに定住する必要があるのだ。

それにそもそもの話、俺はレシピを秘匿することには反対している。レシピはなるべく広めて多くの人に作られることで、より洗練されていくべきなのだ。

また睡氷病に苦しむ人は他にもいるはずだから、その人たちに早く薬が届いて欲しいという気持ちもある。

そんな色々な思いを内包して伝えた独占する気はないという言葉を、領主様はすぐに理解してくれた。

「そうか。では一つ提案があるのだが……私にレシピを購入させてもらえないだろうか。もちろん独占するつもりはない。この回復薬を欲している人たちの元に、迅速に届けるために尽力したいと思っているのだ。したがって購入するとは言っても、独占使用権のような形ではなく、ただレシピを教えてもらうだけで構わない。要するに、エリクがこれからも今回の回復薬を作ったり、レシピを第三者に渡したり、そういうことへの制限は付けないものだ」

領主様は真剣な表情でそう告げると、俺の目をじっと見つめてくる。

その真摯《しんし》な姿勢に少しでも応えたいと、俺も背筋を伸ばした。

「私にとっては断る理由がない条件です。このレシピの普及に、力を貸していただけたら嬉しい

「本当か！　ありがとう。全力でレシピを普及させ、睡氷病が怖い病気ではなくなるよう努める」

そうして取引は成立し、俺はその場で詳細なレシピを書いた。

素材の保存方法や素材を入れるタイミング、その処理方法、さらには素材の質の差による必要量の違いまで、推測して書き加える。

このレシピを見れば、何度か失敗するとしても、いずれは錬金を成功させられるだろう。

「……このレシピは希望だな」

渡したレシピを見つめながらそう呟いた領主様は、頑丈そうな金属製の箱にレシピを仕舞った。

「では、報酬を受け取って欲しい」

俺たちの前に並べられたのは、レシピの購入金と依頼の報酬だ。かなりの大金に少し手が震えつつも受け取り、一週間後にお礼の品を受け取りに来ることを約束した。

「では、また一週間後に。もし錬金道具が手に入らなければ、その時には使用人を連絡に向かわせる」

「分かりました。一週間後を楽しみにしています。今日は色々とありがとうございました」

「ありがとうございました」

そうして俺たちは領主様に見送られながら、屋敷を後にした。

259　外れスキル持ちの天才錬金術師

屋敷を出るとすでに日が傾き始めていて、そこかしこの家から空腹を刺激するいい匂いが漂ってきた。

「もうこんな時間か」

「予想以上に長くなったね。でも治って本当に良かった」

「本当だな……かなりホッとした」

今夜は気持ち良く寝られそうだ。夕食を好きなだけ食べて、ベッドにダイブしたい。

「報酬、たくさんもらっちゃったね。それにお礼の品まで。パンとか木の実ってどのぐらいもらえるんだろう……たくさんだったら運びきれないかな」

「俺の錬金道具も一式もらえるとしたら、かなりの量になるはずだ」

改めてよく考えてみると、俺が持っているのは必要最低限の錬金道具だけだから、一式揃えるとなると今の倍近くの量になるかもしれない。

よく考えずに錬金道具と言ったが、果たして運べる量なのかどうか……

「……鞄を買い足しておく？　そろそろ他の街への移動も考えるよね？」

「そうだな。ランクも上がったし、移動するにはちょうどいいと思う。ただ鞄を買い足しても、それを持てるかどうかが問題だよな。馬車に乗って移動するとしても、街中では自分で運ばないとだし」

「そうなんだよね……それに馬車が出てないところに行くことも多いよ。そういう場合は全部の荷物を持って歩かないといけないから、荷物が重いとかなり大変かも」

そう考えると、錬金術師って旅をする冒険者にはあんまり向いてないな。でも俺にはフィーネとの旅をやめるという選択肢はないから、荷物の運搬を頑張るしかない。

重い物を持っても平気なように鍛えるか、何か車輪が付いた運搬道具を買うか。

『そういえば、デュラ爺って異空間干渉ができるんじゃなかったっけ？』

荷物の持ち運びについて悩んでいると、ラトが確証は持てないといった様子で呟いた。するとそれにリルンが反応する。

『確かできるな。その中に歴史的価値がある物を溜め込んでいると聞いたことがある』

『やっぱりそうだよね！　フィーネ、エリク、デュラ爺が仲間になってくれたら、荷物はいくらでも持ち運べるよ』

ラトは朗報を知らせようと、片手を上げて可愛く伝えてくれた。

「デュラ爺って、スキル封じの石について知ってるかもしれないっていう神獣だよな？　召喚できないから直接会いに行くしかないっていう」

『そうだよ！』

「その異空間干渉って、どういう能力なの？」

『えっと……僕も詳しくは分からないんだけど、ここことは違う空間にどこからでも干渉できて、その中に物をたくさん保存できるの』

『あれは便利だぞ。荷物を一切持ち運ぶ必要がなくなる』

「重さは感じないのか？」

『ああ、別の空間に置いて、それをどこからでも取り出せるというだけだからな』

その能力、凄すぎないか？　そして俺たちにとって、あまりにも魅力的だ。

より一層、デュラ爺と会ってみたくなった。そして仲間になってくれたら本当に嬉しいんだが、まず召喚できないからな……

「そのデュラ爺って神獣は、仲間になってくれるのかな」

フィーネの疑問に、ラトが首を傾げながら答えた。

『うーん、多分なってくれると思うよ。デュラ爺は新しい知識を得ることが大好きなんだ。だからエリクのスキルを聞いたら、一緒に行くって言うはず！』

『ああ、確実にそう言うだろうな。……待て、もしかしたらデュラスロールに直接会いに行かなくとも、召喚できるんじゃないか？　召喚陣にエリクを乗せればいい』

リルンの突拍子もない提案に、俺は驚いて目を見開いてしまう。

「お、俺が乗るのか？」

『ああ、エリクのスキル自体がデュラスロールの興味の対象だろう』

リルンはいい案を思い付いたと、少し自慢げな表情だ。

『リルン凄いね！　それならデュラ爺が来てくれるかも！』

ラトも乗り気になっている。

召喚できるなら最高だし、確かに試してみる価値はあるのかもしれないが……

「……危険じゃないのか？」

俺の心配はそれだけだ。

『大丈夫だろう。別に召喚陣に入れた物が消えたりするわけではない。それに釣られて、神獣がこちらに来るだけだからな』

「そうだね……私も危険はないと思う。でもエリクに乗ってもらうだけじゃ足りないかな。召喚陣の上でスキルを発動させたらいいかも」

二人の説明を聞いたら、そこまで危険はないのかもしれないと思えた。

それなら……試してみるか。

『さっそくやってみようよ！』

乗り気なラトの言葉に頷く形で、俺も同意を示す。

「やってみるか」

無事に召喚できて、仲間になってもらえたらいいな。

デュラ爺がいれば荷物の問題は万事解決で、スキル封じの石についても知っている可能性があるのだ。

「じゃあ、明日にでも試してみよう」

「ああ、場所はどこがいいんだ？」

「そうだね、森の奥の人気《ひとけ》がないところかな」

それなら移動に少し時間がかかるから、明日はいつも通りの時間に起きた方がいいかもしれないな。ぐっすり寝るつもりだったが……デュラ爺に早く会ってみたいのは俺も同じだし、明日も早起きするか。

『楽しみだね！　デュラ爺に会えるなんて』

『まあ、そうだな。デュラスロールがいれば、退屈はさらに遠ざかるだろう。我とも張り合える存在だからな』

二人はもう召喚が成功すると信じて疑っていないらしく、そんな二人にフィーネが苦笑を浮かべながら告げた。

「まだ成功するって決まったわけじゃないよ？」

しかし二人はその言葉を聞いておらず、楽しそうに会話を続ける。

デュラ爺という神獣に会えるのが、かなり楽しみみたいだ。

『デュラ爺に僕のファムの実をあげようかな！』

「木の実が好きなの？」

『うーん、どうなんだろう。よく分からないけど、何回かあげた時は食べてくれたよ？』

「そうなんだ。食事にそこまでのこだわりはないのかな……。明日はいくつか美味しいものも持っていこうか」

『よしっ、ではパンを買いに行こう』

「ふふっ、リルンは自分が食べたいだけじゃないの？」

フィーネの言葉に誤魔化すように顔を背けたリルンは、この街で一番のお気に入りであるパン屋がある通りに向かうため、方向転換をした。

俺たちはそんなリルンに苦笑しつつ、皆で後に続く。

それからはパンをたくさん買って宿に戻り、依頼を達成できたからかいつもより美味しく感じる夕食を楽しんで、早めに眠りについた。

明日はフィーネが神獣召喚のスキルを使うところを、初めて見られるだろう。楽しみだな。

# 第八章　神獣召喚と新たな仲間

昨日は早い時間に眠りについたことで、今朝はいつもより早く目が覚めた。大きな依頼を達成できた解放感から、清々しい気分だ。

いつもより丁寧に朝の準備を済ませてストレッチをしてから、朝食の時間が始まる頃に食堂へ下りると、ちょうどフィーネとラトが席に座るところだった。

「おはよう」

「あっ、エリク。おはよう。疲れは大丈夫？」

「ああ、意外と問題なかった。いつもより気分は爽快だ」

「それなら良かった。じゃあ朝ご飯を食べて少し休んだら、さっそく森に行こうか」

「そうしよう」

『早く行こうね！　楽しみだね！』

ラトはよほどデュラ爺に会えるのが嬉しいのか、昨日の高いテンションがまだ継続しているらしい。

「神獣同士って仲がいいんだな」

思わずそう呟くと、ラトが『うーん』と首を傾げる。

『確かに、あんまり喧嘩とかはしないかも！　でも話しかけても相手にしてくれない人はたまにいるんだよね～』

「そうなのか？」

『うん、ただ本当に少数だよ。ほとんどの神獣とは仲良しだからね！　僕は特にデュラ爺が好きなんだ～。優しくていろんな話をしてくれるから！』

コルンの実を両手に持って目を輝かせているラトに癒されていると、宿の従業員である男性が朝食を運んできてくれた。

今日の朝食は野菜と肉がたくさん入ったスープと、チキンステーキみたいだ。パンも一つ付いていて、朝から贅沢な食事に気分が上がる。

「このスープ、かなり美味いな」

「本当だね。この宿は部屋もいいし食事もいいし、離れるのが惜しくなるよ。特に朝ご飯がたくさん出てくるのが好きなの」

「朝食は軽く済ませることが多いからな」

錬金工房に住んでいた時の朝食は同僚と一緒に食べていたが、パン一つだけということが圧倒的に多かった。孤児院でも朝ご飯はスープだけ、パンだけ、芋だけ、という感じでとにかく一品しか出なかったのだ。

「あ、このチキンステーキも凄く美味しい。味付けが絶品かも。リルンに少し持っていってあげようかな」

「おおっ、本当だ。これはいくらでも食べられるな」

それからものんびりと朝食を楽しんだ俺たちは、少し休憩してから宿を出た。

四人でいつものように街を出ると街道をしばらく進み、街から離れたところで草原に入る。そして草原を横切ったらそこは森の中だ。

「どの辺で召喚するんだ？」

「もう少し奥に行きたいな。万が一にも見られたくないから」

たまに襲ってくる魔物を倒して魔石だけを布袋に仕舞いながら進むことしばらく、森の奥に小川を発見した。

その小川の辺りは背が低い草が生えているだけで、木々がほとんどない。

「ここがちょうどいいかも」

フィーネが開けた場所の大きさを測るように視線を動かしているのに気付き、問いかける。

「召喚陣ってどのぐらいの大きさなんだ？」

「えっと……二人が両手を広げたぐらいの大きさかな」

意外と大きいんだな。でもその大きさなら……

「ここで十分だな」

「うん。じゃあさっそく召喚陣を出すから、エリクは合図したら陣の中に入ってね」

「分かった」

俺とリルンがフィーネの後ろに下がり、ラトも俺の肩の上に移動してきたところで、フィーネは両手を胸の前で組んで祈るような仕草をした。

すると、すぐにフィーネの体が光に包まれ始め、周辺の地面も輝いていき――

数秒後には、地面に複雑な模様が刻まれていた。

「凄いな……」

なんだか神秘的な、目を奪われるスキルだ。

「エリク、この中に入ってくれる？　そして地面に生えてる草を触ってみて欲しい」

「了解」

緊張しつつ召喚陣の中に一歩足を踏み入れると、地面を踏み締める感触はいつもと変わらなかった。特に体に変化がないことを確認して、もう一歩中に入る。

そしてゆっくりと召喚陣の中心に向かい、その場にしゃがみ込んだ。

「触るぞ」

すぐ近くにあった雑草に触れると、雑草はキラキラといつもの光を纏いながらヒール草に変質し……変質が終わった瞬間、俺の隣に何かが姿を現した。

緊張しつつもそちらに視線を向けると、そこにいたのは鹿型の魔物――いや、魔物じゃない。多分この人が、デュラ爺だ。

『デュラ爺～‼』

ラトが大声で叫びながら大ジャンプをし、デュラ爺の顔に飛び移った。

『なんだ、ラタトスクではないか。フェンリルもいるのか？　わしは突然どこかに呼ばれる感覚がしてな、最初は無視していたんじゃが、面白いスキルが見えたので来てみたんじゃ。ここは……どこじゃ？』

『フィーネのところだよ！　フィーネが神獣召喚のスキルを持ってるんだ！』

『ほう、それは珍しいスキルじゃな。しかしそれよりも、わしが初めて見るスキルを使った者がいたのだが……おおっ、そこの者だ』

デュラ爺は俺に視線を向けると、好奇心を隠しもせずにぐいっと顔を近づけてきた。立派な角がある顔を近づけられると少し怖い。

というかデュラ爺、予想以上に大きいな。俺たちが普通に立って、目線があまり変わらないぐらいだ。ブラウンホースと同じぐらいの大きさかもしれない。

「初めまして、エリクと申します」

初対面の印象は大事だと思って丁寧に挨拶をすると、デュラ爺は『うむ』と頷いてから俺の手のひらと、さっき変質させたヒール草を順に見た。

『エリク、お主のそのスキルは何なのだ？　雑草がヒール草に変化していなかったか？』

「はい。素材変質というスキルです。採取前の素材に触れると一段階ほど質が高いものに変わり、採取後の素材に触れると素材が劣化してしまいます」

その説明を聞いたデュラ爺は、分かりやすく顔を輝かせた。

『初めて聞くスキルじゃ……！　一段階ほど質が上がるというのはどういう基準なんじゃ？　それに劣化に規則性はあるのか？　触れるというのはどのように触れると変質が起こるのじゃ？　もしや、触れ方によって変質に違いが出るのか⁉』

鼻息荒く次々と質問してきたデュラ爺の勢いに、俺は思わず後退《あとずさ》ってしまう。穏やかで知的な神獣をイメージしていたが、予想以上に前のめりだ。

「あ、あの……」

何から答えればいいのかと困っていると、デュラ爺の頭上に移動していたラトが、小さな手でポンッと立派な角を叩いた。

『デュラ爺、その話は後にしよう？　長くならない？』

『おおっ、すまないな。つい新たなスキルに興奮してしまったのじゃ。それで……なぜわしを呼び寄せたんじゃ？』

やっとその疑問に思い至ったのか不思議そうに首を傾げたデュラ爺に、今度はフィーネが存在を示すように一歩前に出て綺麗に頭を下げた。

「初めまして。フィーネと申します。ラトとリルンからデュラスロール様のお話を聞いて、仲間になっていただけないかと思い、召喚させていただきました」

『お主が神獣召喚のスキルを持っているのだな』

「はい」

『僕とリルンもフィーネに召喚されて、一緒に旅をしてるんだ。すっごく楽しいよ！　デュラ爺も一緒に行こう？』

ラトの純粋な好意からだろう言葉に、デュラ爺は表情を柔らかくした。

『楽しそうじゃな』

『うん！』

『わしも仲間になって良いのか？　良いのであれば、ぜひお主らについていきたい。素材変質スキルとやらを間近で見てみたいからな。それに久しぶりに神獣同士、交流を深めるのも良いだろう』

「もちろんです。これからよろしくお願いします」

フィーネが笑顔で発したその言葉にデュラ爺が頷き、俺たちの仲間が一人増えた。

一番喜んでいるのはラトで、デュラ爺の頭の上で飛び跳ねている。

『ところで、さっきから気になっていたのじゃが、ラトとリルンという名はなんじゃ？』

『フィーネが付けたのだ。元の名から文字を取っているらしい。デュラスロールとて、ラトにはデュラ爺と呼ばれているではないか』

『確かにそうであったな。ではフィーネ、エリク、二人もわしのことをデュラ爺と呼ぶと良い。二

人に接するのと同じようにしてくれ。畏まった態度はいらないからな』

デュラ爺は俺たちに向かってそう言うと、ニヤッとイタズラな笑みを浮かべてリルンに視線を向けた。

『リルンもわしのことをデュラ爺と呼ぶんだぞ？』

『……む。それは違和感があるが……まあいい。分かった』

『ではさっそく呼んでみると良い』

『なっ、別に今呼ぶ必要はないであろう？』

『そんなことはない。練習は必要じゃ』

ニヤニヤと楽しそうな笑みを浮かべているデュラ爺は、結構いい性格をしているらしい。

『そんなものに練習は必要ない！』

嫌そうな表情を隠しもせずに叫んだリルンは、それで話を終わりにしようとしたが、そこでデュラ爺に対して思わぬ援護が入った。

『リルン、なんで嫌なの？　呼ぶだけだよ？』

純粋なラトのその言葉に、リルンは言葉に詰まって上手い言い訳が出てこないらしい。

『ラトの言う通りじゃ。ラトはいつも呼んでくれるものな？』

『うん！　デュラ爺って名前、カッコいいよね！』

『ほっほっほっ、そうじゃろう？　ではリルン、呼んでみると良い』

リルンは二人に催促されて、さすがにこれ以上は逃げられないと悟《さと》ったらしい。嫌そうな表情のまま、ゆっくりと口を開いた。

『デュ、……ラ、爺』

『そうじゃそうじゃ、これからはそう呼ぶようにな』

ほっほっほっと嬉しそうに笑っているデュラ爺に、リルンは悔しそうな表情を浮かべ、ラトはなんだか楽しそうだ。

「これから楽しくなりそうだな」

「うん。仲良さそうで良かったよ」

旅がさらに賑やかになりそうな予感に、俺たちの頬は自然と緩んだ。

デュラ爺が仲間に加わり、話が一区切り付いたところで、俺はずっと気になっていることを聞いてみることにした。

「デュラ爺。ラトとリルンから聞いたんだが、スキル封じの石について知ってるか？　二人は錬金で作ることは知ってたが、必要な素材とレシピが分からなかったんだ」

せめて素材の一つでも知っていて欲しいと祈りながら投げかけた質問だったが、デュラ爺はほとんど間を置かず頷く。

『知っておる』

「ほ、本当か⁉」

あまりにも驚いて思わず顔をぐいっと近づけると、デュラ爺は動じることなく『うむ』と肯定した。

『素材も大まかな作り方も知っているぞ。確かあれは魔力水に神木《しんぼく》の葉を入れて、水晶華《すいしょうか》を一つ分ゆっくりと溶かしていき、次に星屑石を……』

「ちょっ、ちょっと待ってくれ！　メモさせて欲しい！」

それから詳しい作り方を説明してもらうと、スキル封じの石は魔力水の他に神木の葉、水晶華、星屑石、純黒玉《じゅんこくぎょく》、朱鉄《しゅてつ》という五つの素材が必要らしかった。

工程の細部まではさすがにデュラ爺も知らなかったが、素材を入れる順番までは教えてもらえたので、何度か試行錯誤すれば成功させられると思う。

――あとは、これらの素材を手に入れるだけだ。

「デュラ爺、素材の在処《ありか》も知ってたりするか……？」

『もちろん知っておる』

「本当か!?　デュラ爺、凄いな!!」

俺の中でデュラ爺の株が際限なく上がっていった。ラトはデュラ爺が褒められて嬉しいのか、ニコニコと満面の笑みだ。

「素材の在処と、それから保存方法も知ってたら教えて欲しい」

『分かった。ではまず神木の葉じゃが……』

それから素材が採取できる場所と保存方法を教えてもらったところで、俺はどの素材から集めよ
うかメモを眺めつつ頭を悩ませた。

「フィーネ、これからの旅はこれらの素材採取を優先してもいいか？」

「もちろんいいよ。飛ばした国にはまた戻ってくればいいからね。どの素材から集める？」

すぐに了承してくれたフィーネに感謝の気持ちを伝えつつ、まずは重要な点を挙げる。

「ありがとう。……採取する順番はまず、できる限り近くにあるもので長持ちする素材からがいい
な。そう考えると……星屑石だ。逆に水晶華と神木の葉は長期保存できるか少し心配だから、でき
れば最後にしたい」

保存が利くものから先に、そうでないものは最後に回すのがいいはずだ。

「分かった。じゃあとりあえず次の行き先は、この国の端だね。デュラ爺、星屑石が採れる場所っ
て国境は越えないんだよね？」

『そうじゃな。というよりも、その場所はどの国にも属していない不毛な大地となっておる。大昔
に星が降ってきた場所でな、植物がいまだに生えないのじゃ』

不毛な大地、その言葉を聞いた時点で星屑石が採れる場所の見当が付いた。この国で生まれ育っ
た人ならば誰もが知っている御伽話に出てくるのだ。

神の怒りが落ちた場所で、悪いことをするとこの街も不毛な大地のようになるよ、と孤児院の職
員によく脅されたのを覚えている。

277　外れスキル持ちの天才錬金術師

「不毛な大地には希少な素材があったんだな」

『ああ、それに気付いている者はほとんどいないし、気付いていたとしても使い道がかなり限られる素材じゃから、採取はしないじゃろうがな』

誰もが知っている場所にお宝が眠っているなんて、何だか楽しくなってきた。

「エリクは場所を知ってるの？」

「いや、名前を知ってるだけだ。場所は国の端ということしか分からない」

「そっか。どうやったら行けるのかな。馬車が出てるとありがたいんだけど」

「出てるとしたら……ネルツの街からは出てないだろうな。一回王都に出ないと」

俺が生まれ育ったネルツは、比較的田舎に位置している街なので、遠距離馬車の本数も少ない。

「そうなると、次の行き先はまず王都だね」

「そうだな。出発はいつにする？　お礼の品をもらったらすぐ出るか？」

「先延ばしにしても仕方ないし、そうしようか。荷物をまとめないと」

『あっ、そういえば忘れてた。デュラ爺って、異空間干渉ができたよね？』

俺たちが荷物の話を始めたところでラトが思い出したのか、フィーネの肩の上に戻ってデュラ爺に視線を向けた。

『うむ、できるぞ。持ち運びたい荷物があるのか？』

『うん。僕の木の実とリルンが好きなパン、それからエリクは錬金術師だからその道具とかかな』

「それから服や日持ちのする食材、魔道具や野営道具も持ってもらえると凄くありがたい」

ラトの言葉に俺が補足をすると、デュラ爺は鷹揚《おうよう》に頷く。

『全て持ち運ぼう』

「本当か！　ありがとう。助かるよ」

「デュラ爺、ありがとう！」

フィーネは荷物問題の解決がよほど嬉しいのか、デュラ爺の角を上手く避ける形で首元に抱きついた。すると、そんなことをされたのは初めてだからか、デュラ爺はかなり驚いていたが、すぐに顔を緩ませる。

『異空間に制限はない。いくら荷物が増えても構わないぞ』

「その能力、本当に凄いな。俺の錬金道具をよろしくな」

「こうなると、大きな従魔も一緒に部屋まで入れる宿の方が便利だよね……これからはできればそういう宿を探そうか」

確かにその方が、荷物の出し入れに不便がないな。

「そんな宿があるのか？」

「うん、大きな街にはね。あとは宿じゃなくて一週間単位とかで一軒家を借りることもできるから、それもいいかも。食事が出ないのは不便だけど、近くの食堂で食べればいいし、屋台もたくさんあるから」

一軒家を一週間単位で借りられるなんて、そんなことができるのか。

それは俺たちにとって、かなり便利だろう。俺とフィーネの部屋がちゃんと分かれて、鍵さえ付いていれば問題はない。

「これからはそういう場所も検討しよう」

「そうしようね。……じゃあ、とりあえず話は終わりにしてお昼ご飯にしようか。デュラ爺の分も持ってきてあるんだよ？」

『おおっ、それはありがたい。人間の飯を食べるのは久しぶりじゃ』

『我が好きなパンを分けてやろう』

『僕の木の実もあげるね！』

それから俺たちは皆で昼食を楽しんで、デュラ爺とさらに親交を深め、五人で街に戻った。


街に入る外門ではデュラ爺が皆から注目を浴びて、俺たちは門番に別室へと案内された。初めて街中に入る従魔は、しっかりとテイムされているかの確認をしなければいけないらしい。

「それにしても、君は珍しい魔物ばかりテイムするね。僕はこの魔物を見たことがないよ。スモールディアと似た種類なんだろうけど……大きさが段違いだ」

「なんだか珍しい魔物に好かれるんです。名前はデュラ爺って言います」

「名付けのセンスも独特だね〜」

門番の男性はデュラ爺のことを興味深げに見つめつつ、何かの用紙にフィーネが答えたことを書き込んだ。

「じゃあ、ちゃんと言うことを聞くかどうかのテストだけど、この部屋をゆっくり一周してもらっていいかな？」

「分かりました。デュラ爺、ゆっくりと部屋を回ってね」

『うむ、了解した』

「大丈夫だね～。じゃあそこに座ってもらえるかな？」

それからもいくつか簡単なテストを済ませ、全て問題なくデュラ爺が動いたことで、街に入ることが認められた。

「時間を取って悪かったね」

「いえ、ありがとうございました」

男性に見送られながら門を出た俺たちは、次はギルドに向かう。ギルドでもデュラ爺の従魔登録をする必要があるのだ。

「街に入る時って毎回あんなことをやってるのか？」

「うーん、街によるんだよね。でも基本的に簡単なテストはあるかな。ラトみたいな小さな従魔はないんだけど、大きいと街中で暴れたら大変だから」

「確かにそうだよな」

俺たちは皆と意思疎通ができて、神獣だってことも分かってるから暴れる心配は全くしていないが、他の人たちは少なからず恐怖心も抱くだろう。

『むっ、パンの匂いがするぞ』

先頭を歩いていたリルンが、突然鼻をヒクヒクと動かして路地に視線を向けた。

『あの路地だな』

『いつもはパンの匂いがしないところだね！』

『フィーネ、エリク、ギルドに行く前に寄ろう』

「はいはい」

フィーネがリルンの言葉に苦笑しつつ頷き、街中に入ってから楽しそうに周囲を見回していたデュラ爺に視線を向ける。

「デュラ爺、登録に行く前に寄り道してもいい？」

『もちろん構わん。わしとしても人間の街は久しぶりで楽しいからな』

「そういえば、デュラ爺は最後に人間の街に入ったのはいつなんだ？　今まで考えたこともなかったが、リルンもパンを好きになったのは人間と関わりがあったからなのか？」

ふと疑問が浮かんで二人に問いかけると、まず答えてくれたのはデュラ爺だ。

『わしは数十年前じゃな。ちょうど山を下りた時に知り合った人間が善良で、わしの正体を明かしていくつかの街に入れてもらったんじゃ』

そうか……別にデュラ爺たち側から正体を明かすのはありなんだな。神獣だと広めるような人じゃなく、秘密を守ってくれる人を選べばいいのだろう。

『我はもっと前だ。詳しく覚えてはいないが、百年以上は経っているだろう。森の中で人間が落としたパンを食べたのが最初だな』

百年以上！　まあそうか……神獣なんだから当然、寿命なんてないに等しいのだろう。

いつも一緒にいることで凄い存在だという感覚が薄れていたが、やっぱり規格外だ。

『そんな話よりも早くパン屋に行くぞ』

リルンのその言葉によって話はそこで終わり、俺たちはパンの匂いに釣られて駆け足になったリルンを追いかけるように足を速めた。

凄い存在なことは確かだが……随分と人間味のある神獣たちだよな。

『あの屋台だ』

リルンが匂いを感じ取ったのは、移動式の屋台で売っているパンだった。

確かにこのタイプの屋台なら、いつもここに出店してるわけじゃないのだろう。

「い、いらっしゃいませ」

「こんにちは。従魔たちが驚かせてすみません」

最初に駆け足のリルンが屋台の前に向かったことで、少しだけ怯えた様子を見せる店主の女性に、フィーネが笑顔で話しかけた。

すると、主人がいることで安心したのか、女性は頬を緩めて笑顔を返してくれる。

「いえ、大丈夫ですよ。ご購入されますか？」

「はい。売ってるのは一種類だけなんですか？」

「うちは一種類で勝負してるんです。その代わりに美味しさは保証しますよ」

トレーに並べられたパンは、パン屋でもよく売られているデニッシュと呼ばれるものだ。普通は砂糖がかかっているが、このデニッシュには何もかかってないように見える。

「とりあえず、五つもらえますか？」

「分かりました。追加料金がかかりますが、袋に入れますか？」

「お願いします」

お金を払って五つのパンを受け取ったところで、さっそく店から少し離れた場所でパンを食べてみることにした。まずは一人一つずつ買って、美味しかったら追加で購入する予定なのだ。

まだほのかに温かさが残るパンを口に運ぶと、サクッという最高の食感の後に、とろりとしたカスタードを感じることができた。

「これ、美味いな」

デニッシュの中にカスタードが入ってるのは新鮮だ。

「面白いし凄いね」

「凄い？」

「うん。デニッシュパンの中にカスタードを入れるのって、結構大変だと思うよ。サクサク感は損なわれてないし、カスタードはちょうどいい甘さで、凄い技術だと思う」

そう説明されると、確かに技術の結晶なんだな。

もう一口食べると、やはり最高に美味しい。

『これは絶品だな！　フィーネ、もっと食べたいぞ』

ガツガツとパンを食べるリルンに、フィーネは笑みを浮かべた。

「ふふっ、了解。じゃあ戻ってたくさん買おうか」

『うむ。買い占めるぞ！』

そんなリルンよりも落ち着いてはいるが、デュラ爺とラトも美味しそうに食べている。

『やはり人間は美味いものを作るという面において、素晴らしい能力を発揮するな』

『木の実が入ってないけど、僕も嫌いじゃないよ！』

木の実以外のものを食べるラトは、本当に珍しいな。それほどに食べたくなる匂いで、味も美味しかったということだろう。

それから俺たちは店主の女性が許可してくれたので、残っていたパンを全て購入した。そしてギルドに向かってデュラ爺の従魔登録を済ませ、まだ早い時間だが宿に戻った。

# エピローグ

デュラ爺が仲間に加わった日の夜。俺は一人でデュラ爺とリルンがいる従魔用の小屋に向かい、改めてスキル封じの石に関する情報を聞こうとデュラ爺に声をかけた。

「デュラ爺、まだ起きてるか？」

『ん？　起きておるぞ。どうしたんじゃ？』

デュラ爺がすぐ返答してくれたことで、俺は安心してデュラ爺の前に座る。

「夜遅くにごめんな。スキル封じの石についてさっきは慌てて聞いた感じだったから、もう一回ちゃんと聞きたくて」

さっきは興奮もあって、聞き漏らしたことがたくさんあったのだ。部屋で一人メモを見返していて、色々と聞きたいことが出てきた。

別に明日以降でもいいんだが……スキル封じの石のこととなると気が焦る。

『構わんぞ。わしは人間よりも睡眠を必要としないからな』

「それなら良かった」

『何を話せば良いんじゃ？』

その問いかけに、俺は持ってきていた紙とペンを取り出した。

「まず、朱鉄について詳しく聞きたい。確か島にあるはずだって言ってたよな。海に出る必要があるってことか？」

朱鉄だけは、この大陸に存在しないらしいのだ。

大陸の比較的近くにある小島にあるそうだが、この比較的近くっていうのが、大陸から見える距離なのかもっと遠いのか、それによって色々と変わってくる。

『もちろん船に乗らなければいけない。大陸からは一日もあれば着けると思うが……わしも詳しい場所はよく分からないんじゃ。大陸から出ることはないからな』

「そうか……」

デュラ爺もよく場所を知らない、さらに船で一日ほどかかる島か。これは見つけ出すのにかなり苦労しそうだ。

「とりあえず海辺の国に行って、情報を集めるしかないな」

『そうじゃな。漁師などは知っておるかもしれんぞ』

紙に朱鉄の情報を書き足してから、俺は次の疑問を口にした。

「純黒玉があるっていう黒山《こくざん》だが、特殊な山だって言ってただろ？　それってどういう意味なんだ？　例えば魔物の形態が違うとか、植生が特殊だとか……何か特別な準備は必要か？」

『いや、そういう意味ではない。黒山は確か観光地になっていたはずじゃし、そこまで気負う必要はないじゃろう。ただその山の土や植物の全てが真っ黒で、研究者たちにも注目されている特殊な場所なんじゃ』

土も植物も全てが黒……？　全く想像できない。そんな場所が本当に存在するのだろうか。

そう思って眉間に皺を寄せていると、隣で寝ていたリルンが片目を開いて言った。

『その山は行ったことがあるな。本当に全てが真っ黒で、我は好かん。我の白い体が目立ちすぎるのだ』

確かに本当に全てが真っ黒なら、リルンは目立ちまくりだろう。気が休まらないはずだ。

「不思議な場所もあるんだな……観光地になってるってことは、山に危険はないのか？」

『いや、観光地になってるのは黒山の麓じゃ。そこは温泉地になっておる。山には冒険者なら入れるはずじゃったが……今は分からんな』

温泉！　それは楽しみだ。この街から比較的近い場所にも温泉がある街があって、俺は一度だけ行ったことがある。

その時の思い出は本当に楽しかったことばかりで、今でも温泉は憧れだ。

「とりあえず、油断せずに山に入るべきってことだな」

そうして純黒玉への疑問も解消し、とりあえず今知りたいことは知れた。

「デュラ爺、ありがとな。突然悪かった」

そう言って立ち上がると、デュラ爺は優しい表情で首を横に振る。

『問題ない。明日からもよろしく頼むな』

「ああ、こちらこそよろしくな。明日はデュラ爺の能力について教えてくれ」

フィーネとも話し合って、明日一日はデュラ爺の能力を知る日とする予定なのだ。

『任せておけ。わしも皆の役に立ちたいからな』

「ありがとな。楽しみにしてる」

そうしてデュラ爺と話し終わった俺は、リルンにも声をかけた。

「リルンもおやすみ」

リルンはチラッと片目を開けて、『ふんっ』と鼻を鳴らす。

『早く寝ろ。明日も色々と予定があるんだ』

その言葉は素っ気ないものだったが、リルンが俺のことを心配してくれているとすぐに分かった。

「リルン……ありがとなっ」

いつもは抱きつかせてくれないリルンに、今なら許される気がして抱きつく。リルンの毛はふわふわとしていて、とても気持ちが良かった。

『なっ、何をするんだ！』

「たまにはいいだろ。リルンは可愛いよな～」

ラトも可愛いが、リルンも同じぐらい可愛いといつも思っている。

『我は可愛くなどない！』

「そんなことないって」

『………エリク、そういうことはフィーネに言え』

低い声で伝えられた言葉に、俺は反射的にパッと顔を上げてしまった。

「な、なんで、フィーネが出てくるんだよ」

自分でも分かりやすく焦り、動揺を表に出してしまう。

するとリルンは、ニヤリと笑みを浮かべた。

『そんなの決まっている。エリクがフィーネのことを好いて……』

「ダメだ！　それ以上はダメ！」

慌ててリルンの言葉に被せると、リルンにジロリと不満げに睨まれる。

しかしそんなことよりも、さっきの言葉を止める方が大切だ。

『――ふんっ、意気地なしめ』

なんと言われても、まだ認めないようにしている気持ちなんだ。

フィーネが俺に対してどう思っているか分からないし、何よりも一緒に冒険者としてやっていくには、今の関係性が一番だ。

「というか、なんでリルンが知ってるんだよ」

『そんなの見ていれば分かる。我に隠し事をできると思うなよ？』

自慢げに顎を上げたリルンは可愛いが、その勘の良さは今は勘弁して欲しかった。

『リルン、まだエリクは若いんじゃ。ゆっくりと見守れば良かろう。それも意外と楽しいぞ？』

デュラ爺が温かい目でそう言ってくれるが、それはそれで微妙な気持ちになる。

『我は焦れったいのは嫌いだが……まあ、仕方ないな。エリク、我が見守ってやろう』

恥ずかしいからやめて欲しいが、ずっと一緒に行動しているのだ。やめてくれとは言えない。

しかしニヤニヤとしているリルンに少し仕返しをしたくなり、俺はリルンの頭をわしゃわしゃと強めに撫でた。

『何をする！』

「……あんまり、気にしないでくれ」

小さな声でそう伝え、もう部屋に戻ることにする。

「じゃあ、また明日な」

無理やり話を終わらせようとそう伝えた俺に、リルンはまたニヤニヤと口元を緩め、デュラ爺には引き続き温かい目を向けられた。その視線を振り切るように踵《きびす》を返す。

「二人も早く寝ろよ！」

足早に宿に戻った俺の心は複雑だったが、デュラ爺が加わった明日からの日々がより楽しみになり、自然と頬が緩んだ。

「とりあえず明日、デュラ爺の能力を教えてもらうのが楽しみだな」

部屋に戻りベッドに入った俺は、満たされた気分で眠りについた。

月が導く異世界道中
Tsukiga Michibiku Isekai Dochu
あずみ圭
Azumi Kei
1~20
8.5
シリーズ累計
420万部の超人気作!
(電子含む)
TVアニメ第3期
制作決定!!
1~20巻
好評
発売中!!
コミックス
1~14巻
好評発売中
Illustration：マツモトミツアキ
月が導く異世界道中
あずみ圭
薄幸系男子の
成り上がり
ファンタジー、
開幕!
なんでだろう
親の都合で
異世界へ
待望の
書籍化!
読者賞受賞作!
異世界へと召喚された平凡な高校生、深澄真。彼は女神に「顔が不細工」と罵られ、問答無用で最果ての荒野に飛ばされてしまう。人の温もりを求めて彷徨う真だが、仲間になった美女達は、元竜と元蜘蛛!?とことん不運、されどチートな真の異世界珍道中が始まった!
▶3期までに◀
原作シリーズも
チェック!
月が導く異世界道中
1
あずみ圭
木野コトラ
シリーズ累計
29万部
とことん不運、されどチート!!
薄幸系主人公の異世界放浪記、コミカライズ第1巻!!
20巻 定価：1430円（10%税込）
1~19巻 各定価：1320円（10%税込）
14巻 定価：770円（10%税込）
1~13巻 各定価：748円（10%税込

この作品に対する皆様のご意見・ご感想をお待ちしております。

おハガキ・お手紙は以下の宛先にお送りください。

【宛先】

〒150-6019 東京都渋谷区恵比寿4-20-3 恵比寿ｶﾞｰﾃﾞﾝﾌﾟﾚｲｽﾀﾜｰ 19F
（株）アルファポリス　書籍感想係

メールフォームでのご意見・ご感想は右のＱＲコードから、
あるいは以下のワードで検索をかけてください。

アルファポリス　書籍の感想　検索

ご感想はこちらから

本書は Web サイト「アルファポリス」（https://www.alphapolis.co.jp/）に投稿されたものを、改題、改稿、加筆のうえ、書籍化したものです。

# 外《はず》れスキル持《も》ちの天才錬金術師《てんさいれんきんじゅつし》
## 神獣《しんじゅう》に気《き》に入《い》られたのでレア素材探《そざいさが》しの旅《たび》に出《で》かけます

蒼井美紗《あおいみさ》

2024年10月30日初版発行

編集－佐藤晶深・芦田尚
編集長－太田鉄平
発行者－梶本雄介
発行所－株式会社アルファポリス
〒150-6019 東京都渋谷区恵比寿4-20-3 恵比寿ｶﾞｰﾃﾞﾝﾌﾟﾚｲｽﾀﾜｰ19F
TEL 03-6277-1601（営業）　03-6277-1602（編集）
URL https://www.alphapolis.co.jp/
発売元－株式会社星雲社（共同出版社・流通責任出版社）
〒112-0005 東京都文京区水道1-3-30
TEL 03-3868-3275
装丁・本文イラスト－丈ゆきみ
装丁デザイン－AFTERGLOW
印刷－中央精版印刷株式会社

価格はカバーに表示されてあります。

落丁乱丁の場合はアルファポリスまでご連絡ください。

送料は小社負担でお取り替えします。


ISBN978-4-434-34682-8 C0093